Barbara Tammes

# Pippa

## Mein (ganzes) Leben steht kopf

Für Pepijn,
Tommie,
Sophia
und Räuber

Barbara Tammes

# PIPPA

## Mein (ganzes) Leben steht Kopf

Aus dem Niederländischen
von Andrea Kluitmann

COPPENRATH

# Bin ich wirklich ein GUTER Mensch?

1.

Das möchte ich in meinem Journal erforschen. Ich zweifle nämlich ernsthaft daran.

(Warum ich mich das frage, erzähle ich später.)

# PIPPA

2 Tage pro Woche bei meinem Vater
5 Tage pro Woche bei meiner Mutter
13 Jahre
mag Pferde, aber inzwischen auch Jungs
wird später
- Gerichtsmedizinerin
- Pferdetrainerin
- Philosophin
- oder etwas anderes, noch näher zu Bestimmendes
Lieblingsshirt: mit STREIFEN (weil die in der Stadt und auf dem Land passen)
kann NICHT ohne mein Journal leben, in das ich schreibe und ZEICHNE
will später ein Haus mit Pferden MITTEN im Stadtpark

# 2.

## WAS MAN ÜBER MICH WISSEN SOLLTE:

→ Ich bin ein Mädchen.

→ Ich bin 13 Jahre alt.

→ Ich habe einen Vater und eine Mutter, die geschieden sind, eine *ganze Schwester* namens Poppy und einen *halben Bruder* namens Hugo, eine Stiefmutter namens Tessa, die ich meine *biologische Mutter* nenne, weil sie fast nur biologische Sachen isst, und einen Stiefvater, den ich Tim nenne, weil er so heißt. Außerdem habe ich *zwei beste Freundinnen*, Dorris und Phine, die sich nicht kennen, *einen Exfreund*, der jetzt ein guter Freund ist – und dann habe ich noch eine *große Liebe* für einen stillen Skater, den ich Wolf nenne (von lone wolf = einsamer Wolf), weil ich seinen Namen nicht weiß. Wolf ist mein *imaginärer Freund*, denn in Wirklichkeit bin ich Luft für ihn, obwohl ich ihn jetzt schon seit Wochen stalke.

Ich habe sogar ein Foto von ihm gemacht, ohne dass er es bemerkt hat. Genau vor seiner Nase, ein Close-up von seinem Gesicht! Ich war auf dem Skateplatz und hab getan, als würde ich ein Selfie machen. Ich hab den Kopf schräg gelegt, das Handy auf Armlänge Entfernung, und einen extremen *Fish Gape* gezogen.

Inzwischen stellte ich auf *ihn* scharf und drückte ab. Er sah mich kurz spöttisch an: wieder so eine Selfie-Trulla. Das war es mir allerdings dicke wert, denn jetzt hab ich ein perfektes Foto von ihm! Mit seinen blonden Haaren und dem scharf geschnittenen Gesicht und diesem ziemlich arroganten Blick. Aber sogar der steht ihm gut. Ich habe mich neben ihn ins Foto geshoppt, einen

Duckface ist dermaßen out, sagt Phine, und die weiß solche Sachen.

Meine FAMILIE
und beste Freundinnen
GROSSE STADT
Tessa
olivier
Hugo
poppy
Phine

# PLATTES LAND

fetten Sonnenfilter draufgesetzt und muss schon sagen: Wir passen gut zusammen! Finde ich. Ein kleines Detail am Rande: Ich habe leider noch nie ein Wort mit ihm gesprochen. Er ist meine **stille Liebe**. Still, weil er immer allein ist und also nix sagt, und still, weil ich zu viel Schiss habe, ihn anzusprechen.

Der Selfie-Trick funktioniert übrigens absolut nicht mit alten Leuten (Vätern und Müttern und so). Die denken nämlich immer, du würdest sie fotografieren, während du in 999 von 1.000 Fällen ein Selfie machst. Und das eine Mal, wo du kein Selfie machst, passiert es auch nur aus Versehen. Aber Eltern denken trotzdem ständig, du würdest dein Telefon auf *sie* richten. Das tut mir immer total leid, wenn sie sich dann gerade hinsetzen, irgendwas mit ihren Haaren machen und nett lachen. Ich kann es kaum mit ansehen. Oder sie ducken sich, verstecken das Gesicht und wedeln abwehrend mit den Händen. „Nein, nein, nicht jetzt", rufen sie. „Nicht, wenn ich gerade Kartoffeln schäle / Unterhosen falte / die Einkäufe auspacke / am Steuer sitze / entspannt spazieren gehe / im Schlafanzug rumlaufe / Bauchmuskelübungen mache / einen Brief einwerfe / ein Huhn zerlege / mir die Beine rasiere / Joghurt esse / in meinen Ohren rumpule / den Geschirrspüler entkalke / vor dem Fernseher hänge ..."

STOPP.

Ich drehe schon wieder durch. Kennst du das? Dass du einfach nicht mehr aufhören kannst?

Neulich hatte ich dasselbe drei Stunden lang mit dem Wort „Popcorn". Ich sagte „Popco*rrrrrrn*" und musste es immer wieder sagen ...

# 3.

## ICH MACHE MIR GROSSE SORGEN.

Es ist nämlich so, dass ich eine gespaltene Persönlichkeit habe, weil ich **zwei Leben** habe: Während der Woche lebe ich auf einem alten Bauernhof mit meiner Mutter und am Wochenende in einem schicken Appartement mit meinem Vater. So sieht's aus.

Aber damit (leider) nicht genug: Ich frage mich ernsthaft, ob ich ein **guter Mensch** bin. Letztens zum Beispiel: Mein Vater und ich sehen uns immer gemeinsam die Acht-Uhr-Nachrichten an. Tessa (Bio-Stiefmutter) badet dann Hugo (halber Bruder) und bringt ihn ins Bett, Poppy (ganze Schwester) liegt schon in ihrem Bett und wartet, bis Tessa ihr was vorliest. Papa und ich sitzen auf dem Sofa, ich mit einer Tasse Tee und er mit einem kleinen pechschwarzen Espresso.

Wie immer waren die Nachrichten auch diesmal nicht besonders fröhlich. Wir sahen einen Bericht über Flüchtlinge, denen es richtig schlecht geht. Wirklich schlimme Bilder. Und ich dachte nur an eine Sache: Ich wollte zum Großen Platz, Wolf beim Skaten zuschauen.

Vor meinen Augen erschienen zerstörte Städte und verzweifelte Frauen, Männer und Kinder. Vor meinen Füßen auf dem weichen cremefarbenen Teppich rollten sie in *Hi-Res* aus dem Flatscreen, die Hände nach mir ausgestreckt. Und ich stand auf, wandte mich ab und log Papa an: „Ich halte das nicht mehr aus, ich geh mal kurz raus."

Papa schaute mich verständnisvoll an. So sieht er mich gern, als liebes unschuldiges Mädchen, das dem Unrecht in der Welt nicht

Gehört es
HIER hin?

HABE ICH MEIN

Herz

eigentlich auf dem

RECHTEN

Fleck?

Vielleicht ist es
ja GANZ
woanders ...

gewachsen ist. Aber so bin ich überhaupt nicht. *Nix unschuldig, nix lieb.* Ich bin raffiniert und will hinter den Jungs her. Ich finde es ganz schlimm, was in der Welt passiert, das schon. Wirklich sehr schlimm. Aber es gibt da was, das mich noch viel mehr beschäftigt, und das ist der Wunsch, einen Blick auf meine große Liebe zu erhaschen. DAS IST JA WOHL EINDEUTIG EIN BEWEIS FÜR MEINEN MANGEL AN GEFÜHL!

Beweisstück 1

4.

Und noch was. DIESE WOCHE WAR UNSER DORF IN AUFRUHR: Ungefähr dreißig Leute blockierten die Tür zum Rathaus, damit der Bürgermeister nicht reinkonnte. Sie demonstrierten gegen das geplante Flüchtlingsheim in einer alten, leer stehenden Turnhalle und riefen Sachen wie „Voll = voll!"

Wenn man das in der Stadt ruft, kann ich das ja noch ein kleines bisschen verstehen. Aber hier haben wir wirklich reichlich Platz. Meine Mutter war wütend und tat, was sie meist tut, wenn sie ihrer Meinung Nachdruck verleihen will: Sie zieht sich aus. Das ist ein seltsames Überbleibsel aus den Sechzigerjahren, die sie zwar selbst nicht mal bewusst erlebt hat, die aber trotzdem irgendwie an ihr kleben geblieben sind.

Splitterfasernackt teilte sie also vor dem Rathaus Touristenbroschüren aus, die sie aus einem Hotel mitgenommen hatte.

Willkommen in unserer schönen Region!, stand darauf. Sie wedelte mit den Broschüren und rief: „*Jeder* ist willkommen!"

Keiner nahm eine Broschüre von ihr an. Die Demonstranten wichen immer einen Schritt zurück, sobald sie mit ihrem nackten Arm eine überreichen wollte. Schließlich war die Tür zum Rathaus wieder frei und der Bürgermeister konnte ohne Weiteres hineingehen. Dorris klatschte in die Hände, ihr Freund Kaj schaute mit großen Angstaugen zu – und ich studierte die Würstchen im Schaufenster beim Metzger.

Mama lachte und sagte: „Heutzutage haben die Leute mehr Angst vor Nacktheit als vor Gewalt. Vor ein paar Brüsten schrecken sie zurück, als wären es Bomben." Und sie schob ihre Brüste kurz mit beiden Händen hoch.

Kaj hatte einen feuerroten Kopf und starrte auf seine Zehen. Dorris nickte meiner Mutter begeistert zu, und ich merkte, wie mir schlecht wurde.

Die Menge löste sich auf, die Leute stiegen aufs Fahrrad oder gingen weg. Mama rief ihnen noch nach: „Ich schäme mich, in diesem Land zu leben!"

Aber *ich* schämte mich gerade kaputt für meine Mutter. Für ihren nackten Körper. Ihre weißen Beine, ihr Bäuchlein, das aussieht wie ungebackener Croissantteig, für ihre rosa Brüste, die ein wenig hängen, und dann das Schlimmste: dieses große schwarze lockige Kissen irgendwo unter ihrem Bauch, wo die Beine anfangen.

Dorris findet meine Mutter total cool. Und verrückt, das schon auch, aber sie stehe wenigstens zu ihrer Meinung. Tim, der neue Freund meiner Mutter, rannte sehr lieb mit einer großen dicken

Strickjacke herbei, aber Mama schob ihn weg und sagte, vor lauter Aufregung wäre ihr sehr warm.

### BeweisStück 2

dafür, dass ich kein so netter Mensch bin:
MEINE SCHAM FÜR MEINE MUTTER WAR GRÖSSER ALS MEIN MITLEID MIT DEN FLÜCHTLINGEN.

## 5.

SONNTAGABEND IST NIEMANDSZEIT. Durch den Übergang von der Stadt aufs Land gerate ich immer in eine Art Vakuum. Umgekehrt ist es weniger heftig: Freitagabends fängt voller Erwartung das Wochenende an. Am Sonntagabend hört alles auf.

Gerade bin ich nach einem Wochenende bei unserem Vater nach Hause gekommen. Papa hat uns wie immer an der Tankstelle am Deich abgesetzt, genau in der Mitte zwischen der Stadt und dem Bauernhof. Mama wollte immer noch nicht mit ihm sprechen. Sie findet, er ist ein Heuchler und ein scheinheiliger Kapitalist. Kapitalistisch nennt sie alle, die einen Job haben oder Mehrwertsteuer zahlen. Und scheinheilig nennt sie ihn, weil Papa mich vor einiger Zeit hinter ihrem Rücken gefragt hat, ob ich bei ihm in der Stadt wohnen möchte. Papa wollte eigentlich auch nicht mit Mama *sprechen* auf dem Parkplatz, er wollte sie höchstens anschnauzen. Er findet, dass sie mich in dem „hinterwäldlerischen Dorf", in dem wir wohnen, in meiner Entwicklung behindert. Ich machte

# WAS ICH BISHER GELERNT HABE ÜBER SCHAM

=

**ANGST,**

von anderen abgelehnt oder ausgeschlossen zu werden, weil man etwas **sagt** oder TUT

erröten wegsehen upps!

Deine

SCHULD

bestimmt das Gesetz ... **aber**

deine

SCHAM

tust du dir **selbst** an!

**Fremdschämen**

= sich für etwas schämen, was ein anderer macht

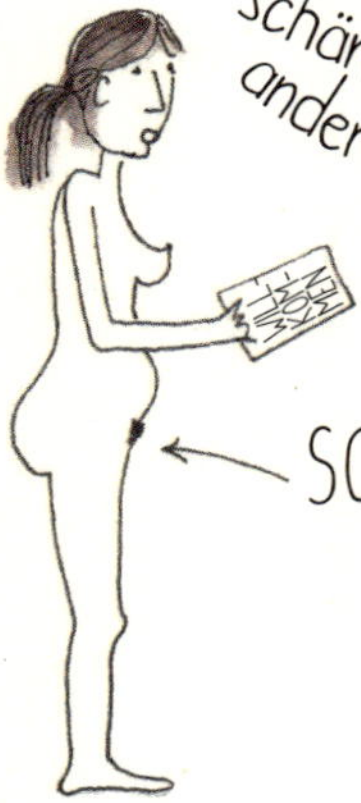

SCHAMHAAR heißt nicht umsonst so!

# Wofür ich mich SCHÄME:

SACHEN, die mein **Körper** OHNE MEINE **ERLAUBNIS** macht

**gähnen**
obwohl ich wirklich zuhöre

**FURZEN**
(ich schäme mich sogar, wenn **MEIN PFERD** furzt, wenn ich reite. Das ist WIRKLICH blöd, das weiß ich selbst.)

mit **SPUCKE** sprechen (vor Begeisterung)

**sich verschlucken**
und dann total heftig husten müssen, rot anlaufen, tränende Augen – und dabei mit den Händen wedeln, dass alles okay ist …

stolpern ↓

**NIESEN**
mit Schnodder

**auf jemanden fliegen,**
auf den man wirklich NICHT fliegt

im BUS oder so

NOCH SCHLIMMER ↑

**auf jemanden fliegen,**
auf den **man fliegt**

im BUS oder so

mich ganz klein, als er ihr das mal wieder an den Kopf warf. Die beiden Meter, die wir vom Auto meiner Mutter zum Auto meines Vaters überbrücken müssen, ähneln einem Minenfeld. Dort kann alles Mögliche passieren; man weiß nie, wer von ihnen explodiert. Diesmal wurde ich von einer herumfliegenden Scherbe getroffen, die zwar nicht für mich bestimmt war, mich aber trotzdem berührte. Offenbar hält Papa mich nämlich auch für *hinterwäldlerisch*. Mama erwiderte nichts und deshalb war ich einen Moment lang für sie.

Aber als wir losfuhren, fing sie an, mich zu triezen: „Und, hast du am Wochenende schön viel Kultur einatmen können? Kannst du jetzt endlich wieder mitreden?“

Ich weiß eigentlich gar nicht so genau, was Kultur ist. Ich glaube, es ist ein Sammelbegriff für Theater und Konzerte und Museen. Ich hab allerdings das ganze Wochenende lang bloß mit Phine vor sämtlichen Bildschirmen abgehangen. Bildschirme fallen nicht unter Kultur..

Und ich habe Wolf einatmen können. Er brauste auf dem Skateboard so knapp an mir vorbei, dass ich wirklich versucht habe, ihn zu inhalieren. Er roch frisch, nach draußen. Vielleicht lag das daran, dass wir ja auch draußen waren.

Ich reagierte nicht auf Mama. Es war sowieso keine echte Frage. Poppy schiebt sich in Momenten wie diesen den Daumen in den Mund, obwohl sie eigentlich schon seit Jahren nicht mehr am Daumen lutscht, und saugt sich quasi selbst ein.

Tim, mein neuer „Stiefvater“, hatte Endivieneintopf mit Speck und Frikadellen gemacht. Poppy sprang auf seinen Schoß.

iPhone, Fernseher und Laptop

Mama sagte zu mir: „Oder isst du jetzt nur noch Sushi?"

Ich hatte Lust, laut loszuheulen. Ich riss mich zusammen, aber eine Träne schaffte es doch. Mama hatte es wohl gesehen, denn sie nahm mich plötzlich in die Arme.

„Ach, Schmetterling, es tut mir leid! Ich bin wütend auf deinen Vater und reagiere es an dir ab, das ist gemein von mir."

Für sie war die Sache damit gegessen. Ich hatte trotzdem Lust, meinen Teller gegen die Wand zu werfen, aber das machte ich natürlich nicht, weil:

- ich gut erzogen bin,
- es Max treffen könnte, unser größtes Pferd; um die Essenszeit herum steckt er immer den Kopf durch die Luke, und Kartoffeln sind nicht gut für ihn,
- ich Hunger hatte.

Pferde dürfen keine Kartoffeln fressen und auch keinen Kohl. **Endivien** dürfen sie zwar, aber die esse ich SELBST. **Sorry**, Max!

Der Eintopf war total lecker, aber das konnte ich nicht sagen, weil es dann so aussehen könnte ...

- als wäre ich *für* den Bauernhof, also *gegen* meinen Vater,
- als würde ich schleimen.

Ich werde noch verrückt von mir selbst!

ICH UND MEINE GROSSE KLAPPE! Ich habe mich selbst etwas sagen hören, was ich niemals wahr machen kann ...

Gestern Abend lag ich im Bett und dachte noch ein wenig nach. Ich hörte Poppy herumwühlen. Offenbar konnte sie auch nicht schlafen. Poppy klopfte an die Luke zwischen unseren Zimmern und unseren Betten. Von beiden Seiten kann man sie auf- und zuschieben. Ich schob also die Luke auf und Poppy fragte leise: „Wollen wir ein wenig schwatzen?"

Drinnen war es stickig, darum schlug ich vor rauszugehen. Wir legten uns auf das Riesentrampolin draußen auf der Wiese. Unter uns Poppys Bettdecke und auf uns meine. Kleine Fledermäuse flogen geschäftig hin und her. Über uns spannte sich der unendliche schwarze Himmel, übersät mit funkelnden Sternen. Das Schöne an Sternen ist, finde ich, dass es so aussieht, als hätte sie jemand ganz beiläufig über den Himmel gestreut. Wie ein umgefallener Topf voller Glitzerzeug. Wären sie ordentlich aufgereiht, sähe es aus wie eine öde Tapete, langweilig und vorhersehbar. Dann wäre man nicht so lange von ihnen gefesselt.

Wir spielten unser Lieblingsspiel, bei dem wir einander abwechselnd nach unseren Lieblingsdingen fragen.

„Was ist deine Lieblingsfarbe?", fing Poppy an.

„Heute ist es Hellblau. Und deine?"

„Lila. Jetzt du."

„Was ist deine Lieblingsfrucht?"

„Mango. Und deine?", fragte Poppy.

„Himbeere. Was ist dein Lieblingstag?"

# LIEBLINGS-SPIEL

Lieblingsfarbe

**Baby-blau**

Lieblingskeks

OREO

**Lieblings-**geräusch

Pferde, die zufrieden **Heu** kauen

Lieblings-brotbelag

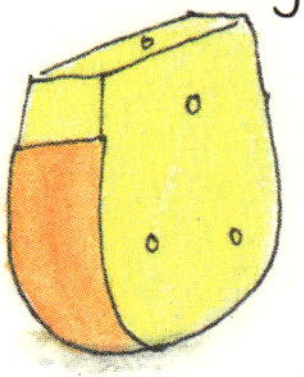

ganz junger Käse

Lieblings-SUSHI

Lachs

Avocado

California Roll

Lieblings-geruch

frisch gemähtes Gras

**Lieblings-**

**P**

**buchstabe**

Lieblingsgebäck

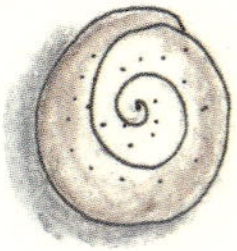

Zimtschnecke

Poppy sagte, ihr Lieblingstag wäre ein Tag, an dem sie **nicht geschieden** ist. An dem alle ohne Streit zusammensitzen, Mama und Papa, Tim, Tessa und Hugo und Poppy und ich natürlich auch.

Lieblingszeitschrift

auf dem Bauernhof

Wir würden alle zusammen in den Zoo in der Stadt gehen. Das wäre schön für Mama, denn sie mag Tiere. Und auch schön für Papa, weil er die Stadt mag. Und sowieso schön für Hugo. Dann würden wir Poffertjes essen. Mit ganz viel Butter und Puderzucker. Und danach würden wir uns alle zusammen auf dem Sofa *Die Eiskönigin – völlig unverfroren* ansehen.

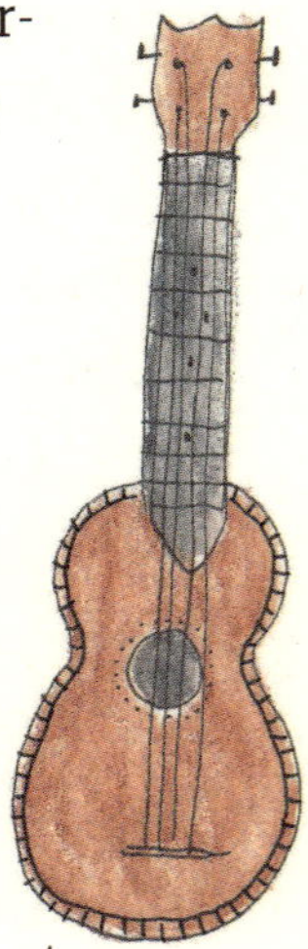

Lieblingsinstrument (zum SELBST-spielen) Ukulele

Plötzlich sprang Poppy auf und zeigte in den Himmel. „Guck mal, Pippa, dort, eine Sternschnuppe! Hast du sie gesehen?"

„Ich glaub schon", log ich feige. Ich kann es nicht ausstehen, wenn andere etwas sehen, das ich knapp verpasst habe.

Ich erklärte ihr, sie dürfe sich etwas wünschen, und Poppy wünschte sich, dass ihr Lieblingstag Wirklichkeit wird.

„Willst du denn nicht, dass Papa und Mama für immer wieder zusammen sind?", fragte ich überrascht.

„Nein, das geht nicht mehr. Das ist mir echt klar", antwortete Poppy viel zu weise.

Ich fand es einen mickrigen Wunsch für eine

Lieblingsvogel

ELSTER – weil niemand Elstern mag

Sternschnuppe. Deshalb sagte ich Poppy, dass sie sich Sternschnuppen lieber für große Wünsche aufheben sollte. Keinen Krieg mehr. Gold gewinnen beim Judo-Wettkampf. Die Hauptrolle in einem Pferdefilm bekommen. Solche Sachen eben.

Einfach nur ein Tag ohne streitende Eltern, das wäre zu normal.

„Nimm die Sternschnuppe für einen großen Wunsch, dann kümmere ich mich um den Tag ohne Streit", sagte ich übermütig.

„In den Herbstferien?", wollte Poppy sofort wissen.

„Nein, das ist zu früh. Die fangen ja schon in drei Wochen an. Wünsche brauchen etwas Zeit."

„Dann zu Weihnachten!", rief Poppy erfreut.

Und da hab ich ihr versprochen, dass es Weihnachten klappen würde, einen Tag lang nicht geschieden zu sein.

Poppy schlief zufrieden auf dem Trampolin ein.

Sie schnarchte ein wenig, mit einem kleinen Grunzen. Ich zog sie gemütlich an mich. Schlafen konnte ich nicht, weil ich so sauer auf mich selbst war.

Was hatte ich da bloß gesagt? Dass es mir gelingen würde, Papa und Mama und Tessa und Hugo Weihnachten friedlich zusammensitzen zu lassen? Das schaffe ich nie im Leben!

Aber ich habe es Poppy versprochen und sie glaubt an mich. Es ist schön, dass sie an mich

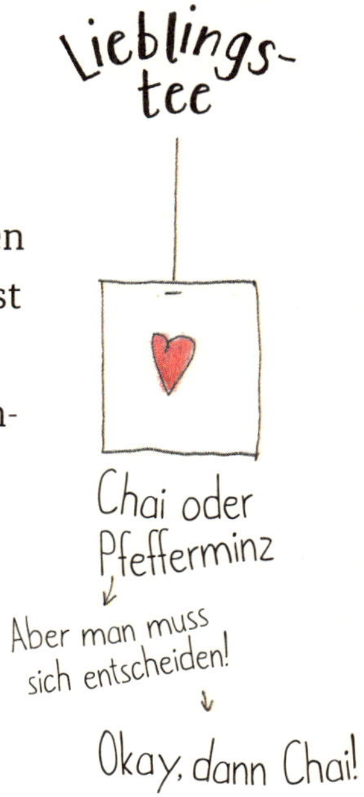

glaubt. Sie glaubt an jemanden, der ich gern wäre, jemand, dem vieles gelingt. Also *muss* mir etwas einfallen, um es zu schaffen!

## 7.

Später am Abend hat Mama sich zu mir gelegt. Sie sagte nichts, aber sie streichelte mir über die Haare und so bin ich eingeschlafen. Heute Morgen wachte ich zusammen mit Poppy in dem riesigen Bett in der Küche auf. Mama und Tim hatten uns ins Haus getragen. Poppy reckte sich und Max hatte den Kopf durch die Luke gestreckt und döste. Ich hoffte, dass Poppy mein Versprechen vergessen hatte. Aber im Gegenteil! Als sie die Augen aufschlug, nannte sie mich sofort „meine Sternschnuppe".

ICH BIN IHRE STERNSCHNUPPE. Ich mache ihre Träume wahr. Sie sieht mich, wie ich mich selbst gern sehe. Voller Bewunderung. Und ich ziehe mir ihre Bewunderung an wie eine Lieblingsjacke. Weich und warm und genau passend. Ich fühle mich schön darin. Ich gehe aufrecht. Ja, das bin ich, so will ich sein!

Wenn es mir nicht gelingt, ihren Wunsch zu erfüllen, muss ich ihre Bewunderung und ihr Vertrauen zurückgeben. Aber das geht eigentlich gar nicht mehr, ich hab sie ja bereits getragen und ich benehme mich auch schon so.

## 8.

Dorris und Kaj sind jedes Wochenende zusammen. Das stört mich nicht weiter, weil ich eh nie da bin. Aber auch sonst holt Kaj Dor-

Mit dem Rad braucht er dazu eine gute Stunde.

ris manchmal von der Schule ab, wenn's irgendwie geht. So wie heute: Wir wollten zusammen ausreiten, doch da stand Kaj plötzlich vor der Schule.

„Super, komm doch einfach mit“, sagte Dorris zu mir.

Und dann haben sie sich den ganzen Nachmittag lang abgeknutscht. Mir wurde fast schlecht. Meist schreibe ich Jesse in solchen Momenten. Wenn Kaj hier ist, weiß ich, dass Jesse sich auch langweilt. Aber Jesse schrieb erst abends zurück und fragte, wie es meinem neuen Freund ginge. Ich wollte nicht zugeben, dass ich ihn noch immer nicht angesprochen hatte und er dadurch theoretisch auch gar nicht mein Freund ist, bloß in meinem Kopf.

Dann erzählte Jesse, er sei jetzt mit einem Mädchen aus seiner Schule zusammen. Ich habe sehr begeistert und nett reagiert, aber wenn ich ehrlich bin (das muss ich mir selbst gegenüber doch sein), finde ich es total doof. Ich war tatsächlich davon ausgegangen, dass er mein *ewig schmachtender* Exfreund bleiben würde.

Und nicht, dass er eher jemand Neues hätte als ich.

## BeweisStück

ICH MÜSSTE MICH FÜR JESSE FREUEN, ABER DAS TUE ICH NICHT. Die ganze Welt ist mit jemandem zusammen, bloß ich nicht.

Ich bin unglücklich mit meinem Pferd Bess in den Wald geritten und kam glücklich wieder aus dem Wald heraus. Na ja, wenn ich ganz allein übrig bleibe, habe ich wenigstens noch meine Pferde!

# Jesse

13 Jahre

wohnt in einer Kleinstadt 25 Kilometer entfernt

bester **Freund** von Kaj = der Freund von Dorris

mein EX (Meine Definition: Ein Ex ist jemand, den man geküsst hat **UND** mit dem man gegangen ist, also ist er mein ERSTER und einziger EX.)

hat erst wie ein **Ringkämpfer** geküsst und später wie ein **Bär**

kann **SEHR GUT** zeichnen und schickt mir manchmal Fotos von seinen Zeichnungen

Seit es **aus** ist, schreiben wir uns total häufig. Vor allem, wenn Kaj und Dorris zusammen sind. Aber **heute** nicht.

## 9.

Wir kamen heute Nachmittag natürlich wieder zu spät an der Tankstelle am Deich an. Meine Mutter ist *immer* zu spät. Mein Vater ist immer pünktlich. Papas Wagen wartete schon, und ich sah, wie er sein Fenster schnell hochgleiten ließ, als wir auf den Parkplatz fuhren.

„So ein Idiot", murmelte meine Mutter. Sie parkte neben ihm, blieb aber im Auto sitzen. Wir gaben ihr einen Kuss und ich half Poppy mit ihren Sachen.

Papa stieß die Wagentür von innen auf und wir stiegen um. Mamas Auto quietschte laut, als sie davonfuhr, was wir inzwischen schon kannten. Nur Papa zuckte bei dem Geräusch zusammen und schüttelte missbilligend den Kopf.

„Keilriemen", sagte ich zu ihm.

„Es wäre ja auch ein Wunder", brummte er, aber gerade so laut, dass ich es hören konnte.

ICH WEISS NICHT, WIE ICH DIESE BEIDEN MENSCHEN JEMALS FRIEDLICH ZUSAMMEN IN EINEN RAUM KRIEGEN SOLL!

## 10.

Ich habe Wolf wieder gesehen! Völlig unerwartet: Abends gingen Phine und ich nämlich zu einem Fest. Eigentlich hatte ich mehr Lust, auf dem Großen Platz rumzuhängen, weil ich Wolf schon eine ganze Woche lang nicht gesehen hatte. Aber Phine hatte andere Pläne, und meist machen wir, was sie will.

Tessa findet deshalb, Phine sei eine Bestimmerin – und ich ver-

Phines superreicher Vater mag keine Schminke, sonst hätte sie natürlich längst eine ganze Menge gehabt.

stehe schon, was sie damit meint. Aber ich mag es gerade, wenn Phine alles bestimmt. Wenn ich mit ihr zusammen bin, passieren immer tolle Sachen.

Heute fand sie, für das Fest bräuchten wir roten Lippenstift. Also sind wir nachmittags in ein schickes Kaufhaus gegangen. Da gibt's die tollsten Lippenstifte, die man umsonst ausprobieren kann.

In so einem Kaufhaus muss man gehen, als wäre man eine Königin. Phine kann das, den Kopf ein wenig erhoben. „Du musst tun, als wüsstest du genau, wohin du willst", sagte sie. „So sicher, dass andere für dich einen Schritt zur Seite machen."

Plötzlich sah ich an Phine, wie Pferde es machen, die in einer Herde das Sagen haben: Sie sind nicht aggressiv, sondern einfach fest entschlossen.

Bei Chanel ließen wir uns beraten.

„Wir fragen uns, welcher Rotton am besten zu unserem Alter passt. Wir sind nämlich sechzehn, wissen Sie, und da wollen wir nicht aussehen wie achtzehn", schwindelte Phine, während sie mit der abgelaufenen Kreditkarte ihres Vaters auf die Ladentheke tickte.

Dieses Geräusch schaltete die Chanel-Dame ein. Sie drehte zwei Lippenstifte auf und strich die kaum voneinander zu unterscheidenden Farben auf unsere Handrücken.

„Dieser", sagte Phine entschlossen, „Rouge Allure." Und sie hielt der Dame ihre gespitzten Lippen entgegen. „Wären Sie so nett, uns zu helfen?"

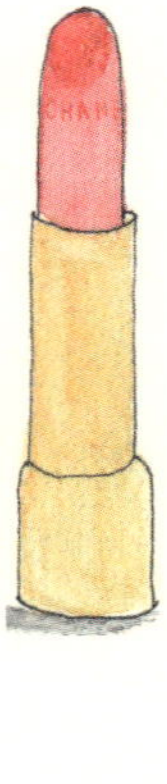

Die Verkäuferin säuberte zuerst unsere Hände mit einer sanften Lotion auf einem Kosmetiktuch. Danach puderte sie unsere Lippen mit Chanel-Puder ein, um sie zu mattieren. Ganz genau zeichnete sie anschließend eine Linie – mit einem Chanel-Konturenstift in exakt der richtigen Farbe – und dann erst trug sie den Lippenstift auf. Nicht einfach so, sondern ganz sorgfältig mit einem winzigen Pinsel.

Ihr Gesicht war ganz nah an meinem, und ich studierte ihre pechschwarze Mascara, die ein wenig bröcklig in ihren Wimpern hing, und die kleinen runden Löcher in ihrer Haut. Wie Grießpudding. Ihr Atem roch nach Kaugummi und Zigarettenrauch.

Phine bedankte sich bei der Verkäuferin herzlich für die gute Beratung und versicherte ihr, wir kämen zurück, wenn wir für den Lippenstift genügend Komplimente bekommen würden.

Die Verkäuferin verbarg ihre Enttäuschung darüber, dass wir nichts kauften, unter einem höflichen Lächeln. „Auf Wiedersehen, die Damen."

## 11.

Wir mussten ganz vorsichtig essen und durften uns nicht mehr die Lippen lecken, damit die Farbe bis abends hielt.

Phine hatte vorher schon Eintrittskarten für das Fest gekauft, also konnten wir einfach rein. Jungen und Mädchen tanzten miteinander oder besser, die Jungen tanzten die Mädchen von hinten an, stellten sich also hinter sie und stupsen sie mit der Hüfte an. Du kannst den Jungen dann selbst nicht sehen, aber deine Freun-

# DIE BESTEN ROTEN Lippenstifte

Chanel **Rouge** ALLURE Pirate

← gold (nicht echt) (also nur goldfarben)

Dior **Rouge** Trafalgar

„Weil wir's SUPER *klassisch* wollen", sagt Phine.

***Ruby Woo*** von Mac

extra matt, extra rot, hält den ganzen Abend.

Warum haben wir **den** denn nicht genommen?

## laut Phine

neues BLAUES Dip-Dye-Hair

## Yves Saint Laurent

ROUGE VOLUPTÉ Shine

**Rouge in danger**

teuer und klassisch

dieselbe Farbe = praktisch, wenn man sehr viele YSL-Lippenstifte hat

Meiner Meinung nach eher was für Mütter (nicht für meine, natürlich).

REVLON
lip butter
**berry smoothie**

halb Lippenstift und halb Lippenbalm

hat Phine SELBST gemacht mit **Limonade**

**Rebel Red**
Rouge Caresse
L'OREAL

„Für gewöhnliche Tage", sagt Phine.

dinnen schon. Wenn sie ihn gut finden, heben sie den Daumen, und dann drehst du dich um und tanzt mit ihm weiter.

Auf dem Land haben wir auch Tanzfeste. Aber die sind ganz anders. Und dieses Sich-aneinander-Reiben erinnerte mich etwas zu stark an die Tierwelt. Auch bei Pferden bestimmt die ranghöchste Stute, wer mit dem Hengst rummachen darf und wer nicht.

ICH BIN KEIN PFERD.
DAFÜR ABER VIELLEICHT EINE FEMINISTIN.

Phine und ich beobachteten eine Gruppe tanzender Mädchen und einen Jungen, der hinter dem hübschesten Mädchen tanzte. Ich wollte hingucken, gleichzeitig aber auch nicht.

Jetzt, da ich es aufschreibe, weiß ich, wie es war: Ich wollte sehr gern zuschauen, aber ich wollte echt nicht, dass *mich* dabei jemand sah. Am liebsten wäre ich mit den Augen zwischen sie gekrochen, doch ich wollte nicht aussehen wie eine Bauerntrine, die nix gewöhnt ist.

Phine und ich setzten uns irgendwo hin. Ich wollte lieber nicht tanzen, weil ich mich total unwohl fühlen würde, wenn ein Junge hinter mir tanzte, und ich würde mich auch total unwohl fühlen, wenn ein Junge das bei Phine machen würde. Ich schaute mich also einfach ein wenig um.

Während ich das in aller Ruhe tat, entdeckte ich plötzlich Wolf. Ich bekam eine Art Elektroschock. Er stand allein da, am Rand der Tanzfläche gegen die Wand gelehnt, ohne bedauernswert oder einsam zu wirken, das halblange blonde Haar lässig im Gesicht. Ohne sein Skateboard. Ich hatte ihn noch nie woanders als abends auf dem Platz gesehen.

# Party

in der Großstadt

möglichst viele Marken-klamotten in 1 Raum

Der coolste Junge tanzt (von hinten).

v. s.

möglichst viele Menschen in 1 Scheune

Der coolste Junge trinkt (Bier) (viel).

# Scheunenfest

auf dem Land

# Wolf

Ich glaube, er ist 15.

total COOLE Haare

bohrt **bestimmt** NIE in der Nase

hat sicher viele Geschwister, vor denen er dauernd zum **Skaten** flüchtet (wo er allein sein kann)

trägt **IMMER** die richtigen Klamotten ⇒ hat Geschmack

geheimnisvoll!

hat bestimmt total viel **Humor**

Upps, das ähnelt eher einem PENNYboard!

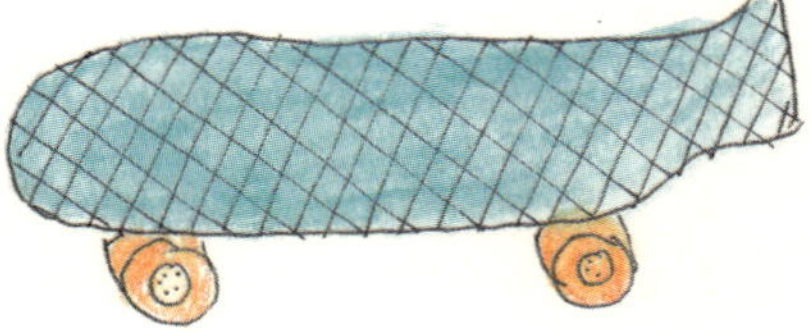

Wenn wir erst einmal zusammen sind, werden wir bestimmt UNZERTRENNLICH!

Kurzum: die Verkörperung von PERFEKTION!

... ist also ein Skater, DAS weiß ich sicher!

Ab diesem Moment war mein Blick auf die Wand fixiert. Kurz dachte ich darüber nach, zu ihm zu gehen. *Ganz* kurz nur, denn *no way*, dass ich mich so was trauen würde. Ganz, ganz kurz erwog ich auch, es Phine zu erzählen. Dass der Junge, von dem ich ihr schon die ganze Zeit vorschwärmte, dort hinten an der Wand lehnte.

Aber auch das war *no way* eine clevere Idee. Phine würde nämlich sofort aufspringen und mich zu ihm schleifen. Und dann würden zwei Dinge passieren:

- Ich würde mit absoluter Sicherheit kein Wort mehr herausbringen, rot werden, stottern und total irrsinnig lachen, wie eine Idiotin.
- Natürlich fände er Phine dann viel netter als mich.

Ich musste an Dorris denken. Dorris könnte ich es schon erzählen. Sie versteht, dass so was schwierig ist. Wir würden dann heimlich zusammen zu ihm rüberschauen. Dazu hat Phine jedoch keine Geduld. Sie will immer sofort alles regeln. Auch gut. Aber nicht jetzt.

Meist denke ich nicht an Dorris, wenn ich in der Stadt bin, und meist denke ich auf dem Land nicht an Phine. Das vermischt sich nicht:

- Dorris, die mit offenem Mund laut lacht, auch wenn da gerade Essen drin ist
- Phine, die mit manikürten Händen mit Stäbchen isst
- Dorris, die alle Vogelstimmen erkennt und
- Phine, die den Unterschied zwischen Rouge *Allure* und Rouge *Coco* sieht ...

Ich habe also nichts gesagt und nur verstohlen zu ihm hingeschaut. Und wenn er auch nur ansatzweise in meine Richtung guckte, pflückte ich eine imaginäre Fluse von meinem T-Shirt. Ich hatte auch Angst, dass Phine ihn von dem Selfie erkennen würde, das ich mal von ihm gemacht und ihr mindestens hundert Mal gezeigt habe.

Aber *iPhine* fotografierte wie üblich selbst wild mit ihrem Telefon herum und interessierte sich mehr für ihre Fotos als für die Wirklichkeit. Sie fotografierte Schuhe ... und Handtaschen auf dem Boden ... und dann einen sehr gut aussehenden Jungen, der an der Wand lehnte. Wolf!

Jetzt war sein Bild in ihrem Telefon und Phine sah sich das Foto genau an (nicht den Jungen). Sie betrachtete den Lichtstrahl auf dem blonden Haar, die Haltung seiner Schultern und prüfte die Komposition von leerer Wand und lässiger Gestalt.

„Ein ganz Süßer auf zehn nach zwei", sagte sie, während sie mir ihr Handy zeigte.

„Gutes Foto", änderte ich schnell das Thema.

Und für den Rest des Abends tat ich mein Bestes, Wolf möglichst unauffällig zu beobachten. So, dass weder er noch Phine es merkten.

## 12.

## VERGANGENE NACHT IST AUF DEM BAUERNHOF ETWAS SO SELTSAMES PASSIERT!

Ich wachte auf, weil Mama laut und ganz panisch flüsterte: „Da draußen sind Pferdediebe! Ich habe einen Pferdeanhänger auf dem Hof gehört und Wiehern."

Tim stand schon in der Tür zu meinem Zimmer, und ich sah, dass er seine Pyjamahose verkehrt herum anhatte. Das Schildchen hing draußen. Sein Haar war zerzaust und er schaute schläfrig.

Wenn er seine Hose falsch herum trug, hatte er sie ausgezogen. Im Bett. Bei meiner Mutter. Ich wollte nicht, dass meine Gedanken in diese Richtung gingen. Dann erschienen vor meinem inneren Auge Bilder, die ich nicht sehen wollte.

Mama gab Tim eine große Taschenlampe. Er schaltete sie ein und meinte, die Batterien seien fast leer.

„Du sollst damit auch nicht leuchten, sondern zuhauen", sagte meine Mutter.

Sie war inzwischen hellwach und zeigte keine Spur von Angst. Sie bat mich, Poppy zu wecken, damit wir alle zusammen waren. Es ist witzig, dass mich das schlagartig mutiger machte. Weil ich eine einzige Minute vor ihr von den Pferdedieben erfahren hatte, konnte ich meiner kleinen Schwester die Neuigkeiten erzählen. Der Moment gehörte ein bisschen mehr mir als ihr – wie bei einem Film, den jemand eher gesehen hat als man selber. Der gehört dann mehr dem anderen.

Poppy war schlaftrunken und ich half ihr schnell in ihre Jacke. Ihre Füße waren warm und weich und ich steckte sie ohne Socken in ihre Stiefel mit dem Wollfutter.

Meine Mutter öffnete die Tür zum alten Kuhstall, wo jetzt lauter Gerümpel steht. Sie ging vor, Poppy und ich in der Mitte. Ich hielt meine Schwester gut fest. Tim lief mit der Taschenlampe hinter

uns – genau wie in einer Pferdeherde: Die Leitstute vorn, die Fohlen in der Mitte, der beschützende Hengst zum Schluss. Tim sah dabei überhaupt nicht cool aus. Aber immerhin, er ging mit. Mein Vater wäre mit Sicherheit im Bett liegen geblieben und hätte gesagt: „Ruf die Polizei“, oder: „Ein Gaul weniger.“ Meinen Vater nervten die Pferde. Beziehungsweise, eigentlich nervte ihn all die Aufmerksamkeit, die meine Mutter den Pferden schenkt.

Van Dobben kam laut kreischend auf uns zugerannt. Ich weiß nicht, ob er in Panik war und uns warnen wollte oder ob er einfach dachte: Fressen! Wenn Ferkel kreischen, klingt das jedenfalls nicht sehr angenehm.

Mensch = Fressen

„Was ist los, Dobbi?“, fragte meine Mutter, ohne eine Antwort zu erwarten. „Geh mal vor!“ Sie zeigte voraus.

Und das verrückte Ferkel gehorcht ihr immer.

Mit seinem dicken Leib drückte Van Dobben die Tür weiter auf und rannte hinaus. Wir folgten ihm. Das schwache Licht des Halbmonds beleuchtete den Weg, der von der Straße zu unserem Bauernhof führt, am Haus vorbei zu den Ställen und dann weiter zur Weide.

Auf dem Weg lag frischer Pferdemist. Keine schönen runden Äpfel, sondern nasse Fladen.

Ängstliche Pferde machen nasse Fladen.

In der Stadt ist Kacke eklig. Hundehaufen auf der Straße – igitt! Aber auf einem Bauernhof ist Kacke Information. Die Fladen bil-

Dem würde sie glatt den Kopf abreißen!

deten *klatsch klatsch klatsch* eine Reihe, statt auf einem Haufen zu liegen. Ich wusste, was das bedeutete, und meine Mutter wusste es auch: Sie stammten nicht von einem Pferd, das ruhig stand, sondern von einem Pferd, das mitgezogen wurde.

Ich warf einen Blick zu meiner Mutter. Nun sah ich doch Angst in ihren Augen. Nicht etwa vor dem Dieb – nein, sie hatte Angst davor, dass einem der Pferde etwas zugestoßen sein könnte. Ihr Gesicht zeigte genau, wie ich mich fühlte.

Sie deutete auf die Reifenspuren im Kies. „Hier hat ein Trailer gestanden", sagte sie. „Sie sind schon wieder weg."

Tim atmete erleichtert auf. Jetzt erst traute er sich, wieder etwas zu sagen. „Und was machen wir jetzt?"

„Ich muss wissen, welches Pferd sie mitgenommen haben", antwortete meine Mutter mit zitternder Stimme. „Und ob sie den anderen etwas angetan haben."

Sie bat Tim, Poppy zurück ins Bett zu bringen. Meine kleine Schwester war müde und ihr war kalt, sie war gar nicht so richtig wach geworden.

Ich aber wollte mit Mama gehen.

„Gern", sagte sie und gab mir ihre Hand.

Gemeinsam liefen wir auf die Weide. Mama nahm den Handgriff vom Elektrozaun und ich drückte das schwere Eisengatter auf. Hinter uns schob ich es zu und meine Mutter befestigte den

# Wie VERBRECHER

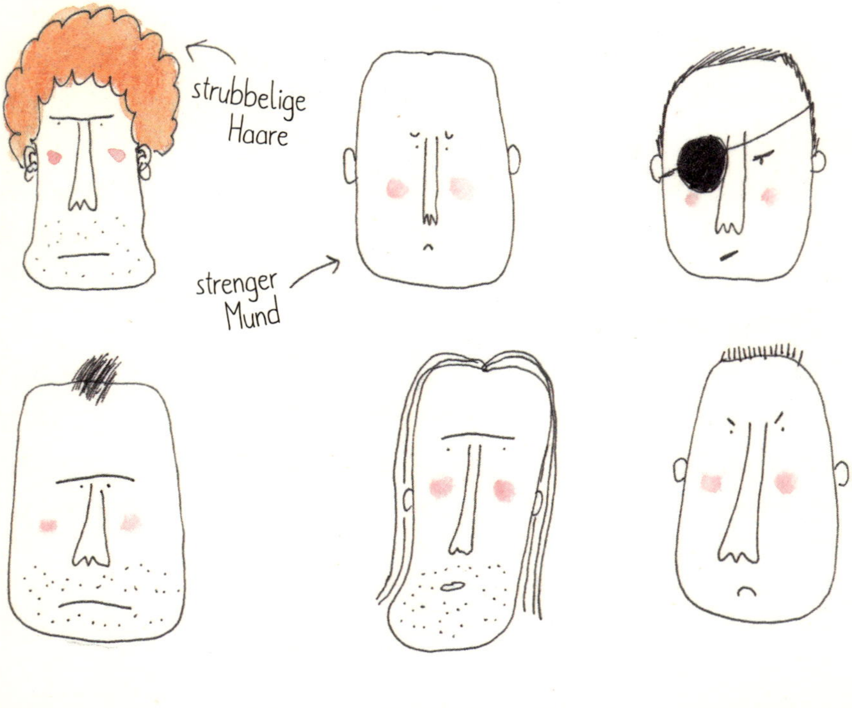

aussehen (meiner Meinung nach)

Handgriff wieder. Wir sagten nichts. Die Nacht war still. Das einzige Geräusch war das Ticken des Elektrozaun-Apparats. Je weiter wir auf die Weide gelangten, desto leiser wurde das *Tick tick tick.* Bis es gar nicht mehr zu hören war. Ich hielt die Luft an, um keine Geräusche zu machen. Ich hörte nur noch meinen eigenen Herzschlag in den Ohren.

Wo Hippie wohl war? Er ist ein Hütehund und lässt sich kaum eine Chance entgehen, zu den Pferden zu gelangen, um eine Runde um sie herumzurennen. Ich wusste, dass Mama und ich beide Angst hatten, dass etwas Schreckliches passiert war.

Wir gingen weiter. Meist kommen die Pferde auf uns zu. Doch wir hatten die Weide schon halb durchquert und waren noch keinem Tier begegnet.

„Wie seltsam ...", sagte meine Mutter. „Sie werden sie doch nicht alle ..."

FURCHTBARE SÄTZE KANN MAN MANCHMAL NICHT BEENDEN.

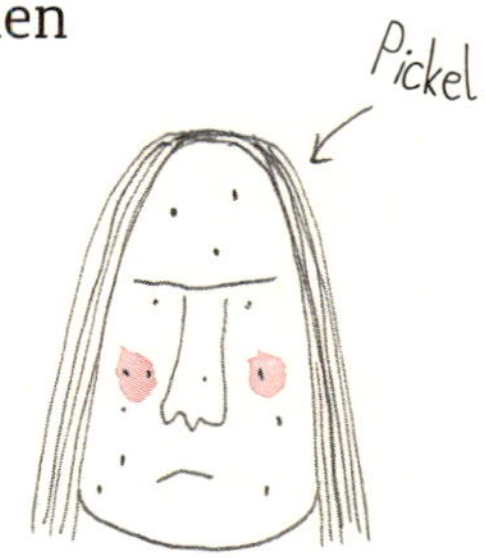


Verzweifelt versuchte ich, im Dunkeln etwas zu erkennen. Wir hielten uns fester an den Händen, als wollten wir einander auf das Schlimmste vorbereiten. Wir waren schon fast am Ende der Weide angekommen und sahen noch immer nichts. Es war beklemmend still.

Und dann plötzlich entdeckten wir Hippie.

Er lag im Gras und hatte uns schon längst gesehen und gehört, aber er beachtete uns nicht weiter. Er sah starr vor sich hin.

„Das ist ein gutes Zeichen“, sagte meine Mutter erleichtert. „Das heißt, er hat die Herde umkreist, dort müssen also Pferde sein.“

Dann hörten wir in der Ferne ein Schnauben, und als Erstes erblickten wir endlich Cooper, unser kleinstes Pferd – das Pony, auf dem ich reiten gelernt habe. Jetzt gehört es Poppy. Oder sie gehört ihm, das hängt davon ab, wie man es betrachtet.

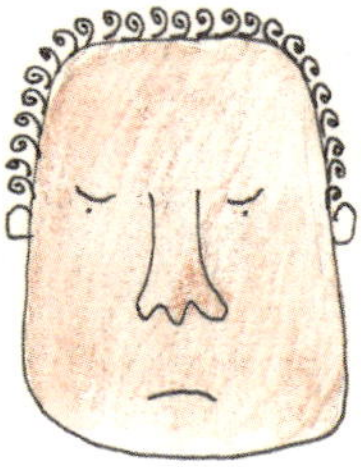


Ich war froh, ihn zu sehen, aber mir war auch sofort klar, dass er eher nicht so schnell gestohlen würde. Er hat kaum Fleisch auf den Rippen. Was das angeht, hätten sie mehr an Bess gehabt.

Nein, nicht Bess!, dachte ich.

Wir gingen weiter und stießen auf Muffin.

Muffin ist erst ein Jahr alt, den bekam man wahrscheinlich nicht so leicht in einen Trailer. Aber Bess … die steigt einfach ein.

Der schwache Schein der Taschenlampe fiel auf unser größtes Pferd, Max, ein Shire Horse. Seelenruhig stand er da und graste. Max lässt sich durch nichts erschüttern. Meine Mutter drückte ihr Gesicht an seine riesige weiche Schulter. Ich streichelte seinen dicken Schweif. Ich brauche fast beide Hände, um ihn umfassen zu können.

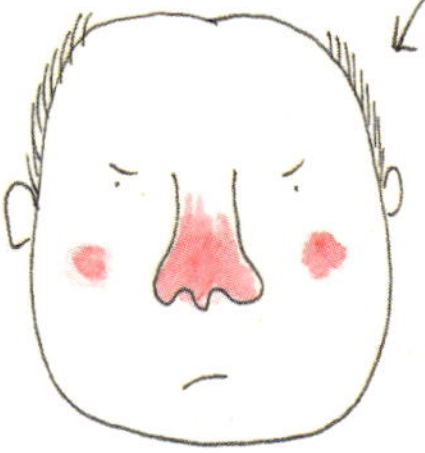


Hinter ihm fanden wir Tex und Utah, zusammen,

wie immer. Und schließlich Diesel, der vor Schreck erstarrt war. Wir zählten sechs Pferde – nur Bess fehlte. Genau, was ich so befürchtet hatte.

Meine liebe, mutige Stute! Die Anführerin der Herde.

„Scheiße, verdammte Scheiße!", sagte Mama, die ich fast nie fluchen höre.

Die Tränen rollten mir übers Gesicht, blieben an meinem Kinn hängen und tropften mir in den Jackenkragen. Doch plötzlich ertönten aus dem letzten dunklen Winkel der Weide Schnauben und Stampfen. Erstaunt sahen wir uns an. Die Batterien der Taschenlampe waren jetzt wirklich fast leer. Wir mussten ganz nah rangehen, bis das schwache Licht auf ein glänzendes dunkelbraunes Fell fiel. Bess! Jeder Muskel in ihrem Körper war angespannt. Ich wollte auf sie zurennen, aber Mama hielt mich zurück. In der äußersten Ecke der Weide stand nämlich ... noch ein Pferd. Ein Pferd, das wir noch nie gesehen hatten. Ein hellgelbes mit auffälliger schwarzer Mähne. Bess hielt den Eindringling fest, indem sie sich so groß machte, wie sie nur konnte, jeden Moment zum Angriff bereit.

Mama legte den Arm um mich und wir fingen an zu lachen. Es war überhaupt kein Pferd gestohlen worden, es war ein Pferd gebracht worden! Von einem umgekehrten Pferdedieb! Die Fladen auf dem Weg stammten nicht von einem Pferd, das in einen Trailer gezerrt wurde, sondern von einem Pferd, das *aus* einem Trailer herausgezogen worden war.

„Bess, meine liebe Bess, Bess, Bess, Bess", sang ich. „Keiner hat Bess, *wir* haben Bess!"

# WIE EIN UMGEKEHRTER PFERDEDIEB wohl aussieht?

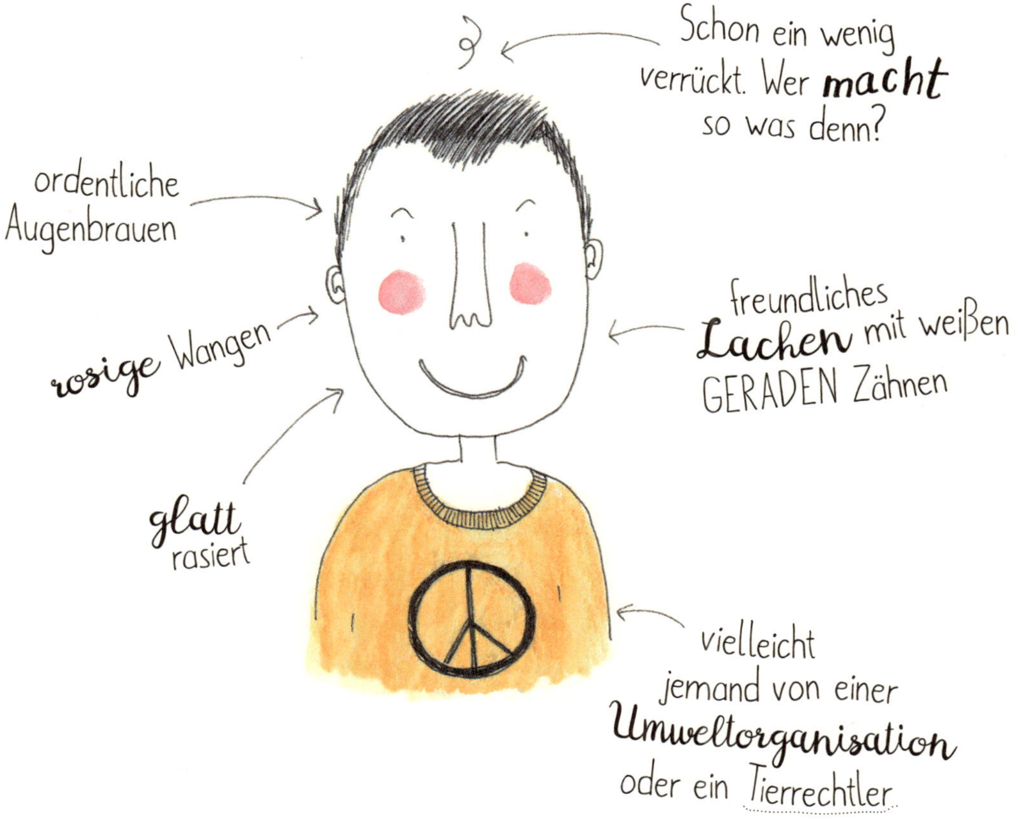

Wir fragten uns, warum um Himmels willen uns jemand ein Pferd bringen sollte. Mama meinte, ein Pferd zu halten, sei sehr teuer, wenn man nicht selbst ein Stück Land besitzt, und dass viele Leute ihr Pferd nicht mehr haben wollen, wenn das Geld knapp wird. Wahrscheinlich war dieses Pferd zu jung und gesund für den Schlachthof, aber nicht gut genug für den Verkauf.

„Heute Nacht müssen die Pferde selbst zusehen, wie sie zurechtkommen", sagte Mama, als wir zurückgingen. „Morgen schauen wir, was genau mit ihm los ist."

Einen kurzen Moment lang gab es überhaupt keinen Unterschied zwischen mir und meiner Mutter. Wir bestanden nur noch aus Freude und Erleichterung. Ich hatte Lust, dem Halbmond etwas zuzujubeln und zu jauchzen.

Meine Mutter rief Hippie aus seiner Hypnose: „Komm, Hippie, *that'll do.*"

So lautet das Kommando für Hirtenhunde, dass die Arbeit getan ist. Es klingt fröhlich: Däddelldu. Ich sang: „Däddeldu däddeldu!"

Hippie rannte vor uns her, Cooper lief ein Stück mit und Diesel schnurrelte. Ja, wie könnte man das sonst nennen, wenn ein Pferd so ein nettes Geräusch zur Begrüßung macht?

Tim saß am Küchentisch und wartete auf uns. Poppy lag im großen Bett in der Küche und schlief bereits wieder. Auf dem Stövchen dampfte eine Kanne Tee, daneben standen drei Becher.

Tim war sehr besorgt. „Und, wer ist gestohlen worden?", fragte er, während er uns Tee einschenkte.

„Das glaubst du nicht", sagte meine Mutter und blies in ihren Becher.

„Das glaubst du niemals“, sagte ich lachend.

Wir erzählten Tim die ganze Geschichte im Sekundentakt. Er lauschte atemlos, Poppy wurde kurz wach, und ich berichtete ihr, dass überhaupt kein Pferd gestohlen, sondern eins gebracht worden war.

„Dann ist ja gut“, sagte sie und schlief wieder ein.

„Hunger“, rief meine Mutter, „wie ein Bär!“

„Eier?“, fragte Tim, der schon zum Herd ging.

„Mit Speck!“, sagte meine Mutter.

Da stand Tim um halb fünf nachts in der Küche und machte Spiegeleier. Das Schildchen hing immer noch aus seiner Pyjamahose, aber das war mir jetzt egal. Einfach nicht mehr drüber nachdenken.

Meine Mutter war froh. Der Himmel wurde schon heller. Ich saß an unserem großen Holztisch und aß warme Eier mit weichem Eigelb und wunderbar salzigem, dickem, knusprigem Speck.

## 13.

OFT VERGISST MEINE MUTTER, MICH ZU ERZIEHEN. An manchen Tagen ist das angenehm – wie zum Beispiel heute. Ich fragte, ob ich nicht zur Schule zu gehen brauchte, weil ich heute Nacht noch so spät auf gewesen war, und natürlich vor allem, weil ich so neugierig auf das neue Pferd war.

„Einverstanden“, antwortete sie. „Ja, das ist eine gute Idee.“

An anderen Tagen ist es sehr unangenehm, wenn meine Mutter mal wieder vergisst, mich zu erziehen. Wenn sie es zum Beispiel unsinnig findet, dass ich für die Busfahrt zur Schule bezahlen soll (und ich dann den Busfahrer anbetteln muss, ob ich bitte, bitte trotzdem mitfahren darf). Oder wenn ich als Einzige keinen Elternteil habe, der sich die Musicalvorstellung anschaut. (Mein Vater ist nicht gekommen, weil meine Mutter gehen sollte, aber meine Mutter hatte sich das falsche Datum in den Kalender geschrieben, in den sie eh nie reinschaut. Und als ich versuchte, sie anzurufen, ging sie nicht ran. Meist versteckt sie ihr Handy nämlich unter einem Kissen oder in einem Ofenhandschuh. Damit sie es bloß nicht zu hören braucht!)

*Elster*

Mama und ich gingen zusammen zu den Pferden. Zwei Elstern hippelten hintereinander über den Weg. Ich finde Elstern großartig. Wenn die Sonne scheint, glänzen ihre Flügel tiefblau. Wären sie etwas seltener, fänden alle sie schön, glaube ich. Ich versuche, sie mir so anzusehen, als wären sie eine seltene Vogelart. Als wäre es einzigartig, dass ich eine zu Gesicht bekomme.

Die Pferde waren von der Weide in den Paddock dicht neben unserem Haus gelaufen. Da standen sie und dösten in der blassen Morgensonne. Diesel lag der Länge nach ausgestreckt im Sand.

Oder dem Ausgang, je nachdem, auf welcher Seite man steht und wohin man will.

Max wurzelte wie ein großer Wärter vor dem Eingang der Weide. Tex und Utah standen in der BFF-Pferdehaltung: Kopf an Schweif, wie zwei beste Freundinnen.

Muffin lief rum und schubste ein paar der anderen Pferde an, in der Hoffnung, jemand würde mit ihm spielen. Cooper träumte in einer Ecke vor sich hin, und Bess stand in der anderen Ecke, um ihre Herde gut im Auge behalten zu können.

Feder von Ramona
(Dorris' Huhn)

Das neue gelbe Pferd mit der schwarzen Mähne stand ein Stück weiter entfernt in der Weide. Ganz eindeutig durfte es noch nicht zu den anderen. Es bemerkte uns sofort, seine Ohren spitzten sich in unsere Richtung. An den Ohren eines Pferdes kann man sehen, wohin es schaut. Beide Augen können nämlich unabhängig voneinander in verschiedene Richtungen blicken, aber die Ohren verraten, wohin das Pferd schaut. Und die des umgekehrt gestohlenen Pferdes zeigten in unsere Richtung. Es wirkte, als würde es in aller Seelenruhe grasen, aber es folgte jeder unserer Bewegungen ganz aufmerksam.

Von meiner Mutter habe ich gelernt, nie geradewegs auf ein

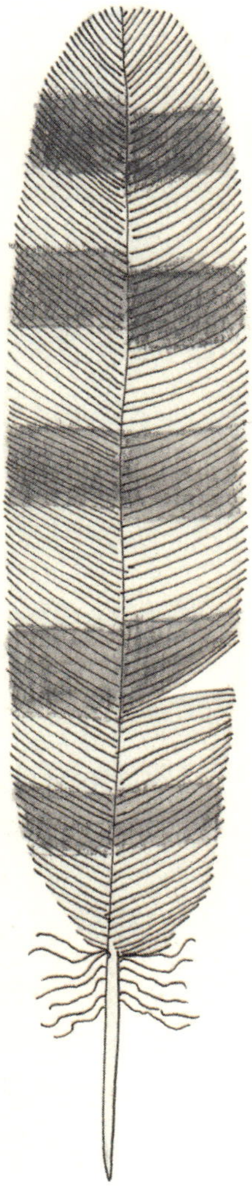

Falke

Waldeule

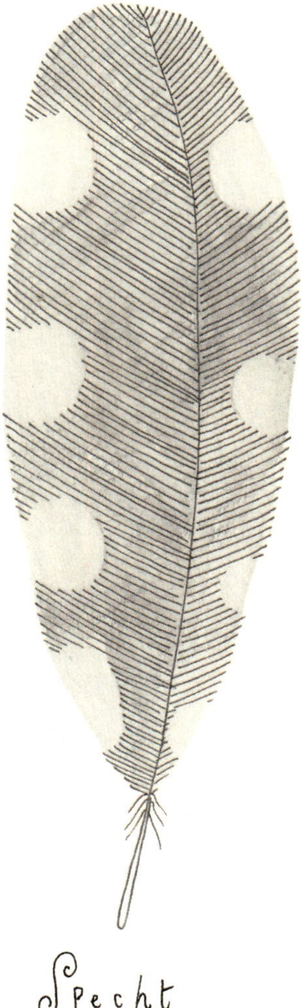

Specht

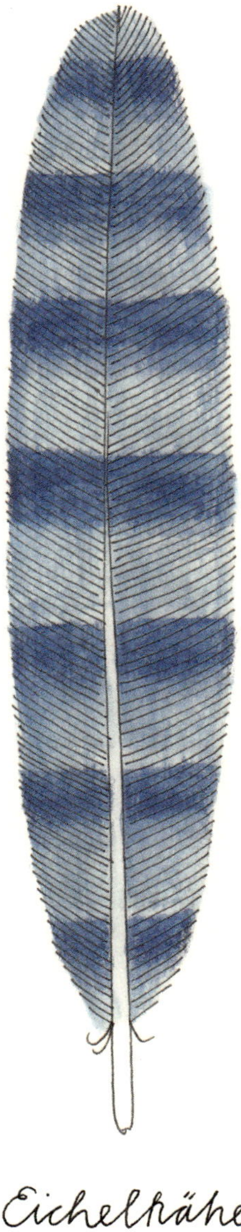

Eichelhäher

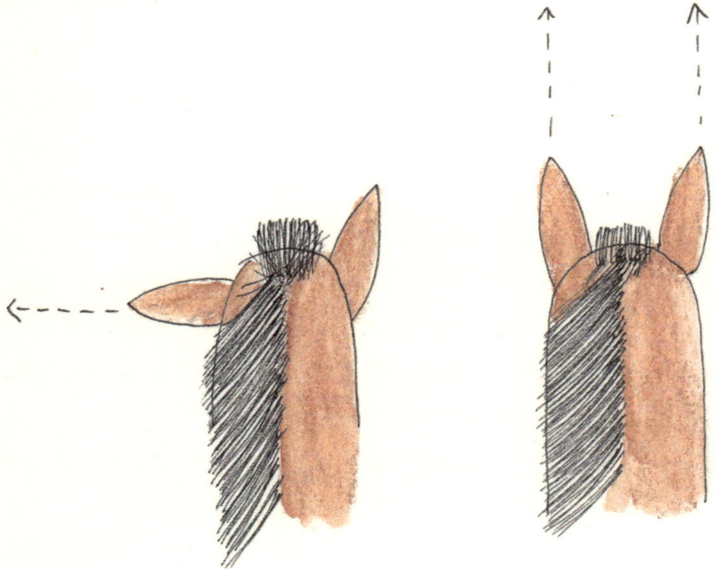

An den **Ohren** eines Pferdes kann man erkennen, **wohin** es blickt.

Pferd zuzugehen, sondern im Zickzack. Nur Raubtiere und Jäger bewegen sich direkt auf ihr Ziel oder Opfer zu. Wir jedoch wollten dem Pferd zeigen, dass wir keine Gefahr waren, also liefen wir, wie ein anderes Pferd es auch tun würde, gemächlich hin und her. Nicht schleichend und auch nicht heimlich, das würde wiederum einem Raubtier ähneln. Langsam, aber ganz offen näherten wir uns ihm. So zeigt man ihm Respekt. Wenn man mir nix, dir nix auf ein Pferd zugeht und es einfach anfasst, ist das ungefähr so, als würde man, ohne zu klingeln, ein Haus betreten, mit Schlammstiefeln ins Wohnzimmer gehen und sofort laut anfangen zu reden. Kein allzu guter Anfang für eine Freundschaft!

Mama blieb ein paar Meter entfernt stehen. Auch ich gab dem gelben Pferd Zeit. Je langsamer ich mich ihm näherte, desto neugieriger wurde es. Den letzten Schritt überlasse ich immer dem Pferd. ICH KLINGEL AN, ABER DAS PFERD MUSS DIE TÜR ÖFFNEN. Es funktionierte auch jetzt wieder: Ich fasste das Pferd nicht an, sondern blieb zwei Meter entfernt stehen und streckte die Hand aus. Neugierig reckte es mir seine lange Nase entgegen. Ganz vorsichtig berührten seine weichen Nüstern meine Hand.

Meine Mutter bückte sich ein wenig, um unter seinen Bauch zu schauen. „Es ist eine Stute", sagte sie.

Vorsichtig streichelte ich dem Pferd über die Nase und legte die andere Hand ganz ruhig auf seinen Hals. Ich kitzelte seinen Widerrist. Die Stute ließ es zu, war jedoch nicht völlig gelöst. Ihr Fell war angespannt, ihre Nüstern standen weit offen und ihre Augen sahen alles. Ich merkte, dass ich selbst auch den Atem angehalten hatte, weil ich es so aufregend fand. Sobald ich tief ausatmete, machte auch sie einen großen Seufzer. Wir versuchten quasi, uns gegenseitig zu beruhigen, aber das klappte noch nicht so ganz. Ich trat als Erste ein paar Schritte zurück, um ihr zu verstehen zu geben, dass ich mir ganz viel Zeit für unsere Freundschaft nehmen würde.

„Das war eine großartige erste Begegnung", sagte meine Mutter. „Gut gemacht, Pippa."

Als wir zurückgingen, sprachen wir darüber, was uns an dem Pferd aufgefallen war: Zum einen hatte es keine Angst, war aber

# Höfliche

**REGEL** Bei einer höflichen Begegnung mit einem Pferd darfst du das Pferd erst **berühren**, NACHDEM es **dich** berührt hat.

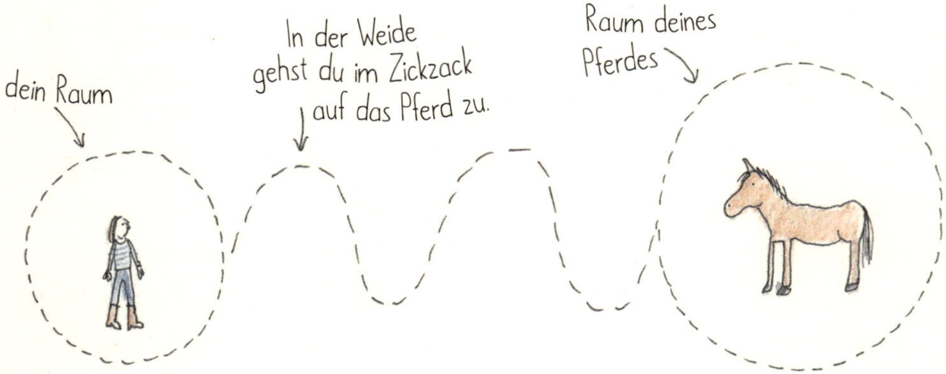


## einladen

An der Grenze zum Raum deines Pferdes gibst du ihm die Gelegenheit, auf dich zuzugehen.

# BEGRÜSSUNG

Du darfst näher kommen, solange das Pferd dich anschaut.

Du bleibst stehen, wenn das Pferd wegschaut, und machst sogar einen Schritt zurück, wenn es **weglaufen** will.

Wenn das Pferd weiter grast, kannst du dich hinhocken und dich zu ihm setzen, oder du drehst dich um und wartest, bis es NEUGIERIG wird.

Wenn das Pferd in **deinen** Raum einbrechen will, hältst du es auf Distanz (mit deinem Stick).

misstrauisch. Und zum anderen diese hellgelbe Farbe.

„Das nennt man *isabellfarben*", erklärte meine Mutter.

„Das ist ein schöner Name für sie", sagte ich und zählte weiter auf, was ich bemerkt hatte: dass sie nicht ausgehungert aussah. Dass ihre Hufe ein wenig lang waren, aber nicht völlig vernachlässigt. Also an sich ein Pferd, das man noch gut verkaufen könnte – warum bloß hatte es jemand heimlich zu uns gebracht? Mama meinte, mit ihr müsse wohl etwas nicht stimmen. Ich sagte, dass ich das gern herausfinden würde.

„Das solltest du machen, Pippa. Sie ist wahrscheinlich nicht einfach, aber du kannst das", sagte Mama.

Raubtiere gehen in gerader Linie auf ihr Ziel zu.

## 14.

Am Wochenende erzählte Poppy unserem Vater von Isabell. MIT PAPA REDE ICH NIE ÜBER PFERDE,

Beutetiere gehen im Zickzack-Kurs, wechseln also das Auge.

# RAUBTIER

Fuchs

Mensch

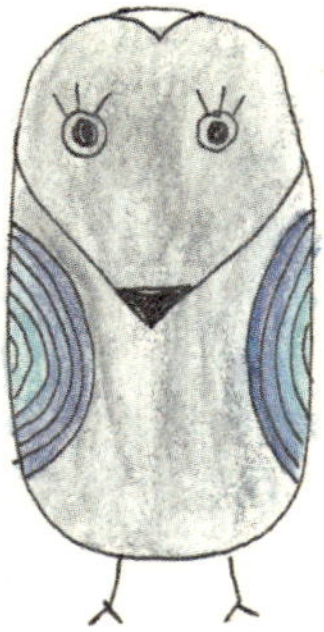

Eule

Die Augen von Raubtieren stehen eng zusammen und sind nach vorn gerichtet. So können sie ihr Opfer scharf beobachten.

# BEUTETIER

Pferd

Rehbock

Kaninchen

Pferde finden es angenehm, wenn man sich ihnen wie ein **Beutetier** nährt, nicht wie ein RAUBTIER.

Die Augen von Beutetieren befinden sich seitlich am Kopf, damit sie Gefahr in ihrer Umgebung erkennen können.

weil er davon immer schlechte Laune bekommt. Pferde sind seiner Meinung nach der Grund, warum meine Mutter auf dem Bauernhof leben wollte, und der Bauernhof ist für ihn der Grund, warum es zwischen ihnen schiefgegangen ist. Meiner Mutter gefiel das Chaos auf dem Hof, mein Vater dagegen wurde mit der Zeit immer pingeliger. Letztendlich gab es nichts mehr, worüber sie einer Meinung waren, außer über die Scheidung.

Beim Essen fing Poppy von dem umgekehrt gestohlenen Pferd an. Ich hielt sicherheitshalber den Mund, ich wollte erst mal sehen, wie mein Vater reagierte. Tessa stellte Fragen zu dem Pferd und wie das denn bloß möglich sei, sie war interessiert.

Doch Papa schaute Tessa an, drehte mit dem Finger eine Runde neben seiner Schläfe und rollte mit den Augen, um klarzumachen, dass da jemand völlig verrückt geworden war.

„Glaubt sie, ich falle darauf rein? Sie hat natürlich von den Unterhaltszahlungen ein neues Pferd gekauft statt anständiger Winterjacken für ihre Töchter. Und dann lässt sie die Kinder auch noch lügen", sagte er total gehässig.

Ich wollte Mama verteidigen. Sie hat das Pferd nicht selbst auf die Weide gebracht, da bin ich mir sicher. Ich war doch dabei! Aber ich hielt den Mund. SONST WILL SICH PAPA VIELLEICHT AM ENDE AUCH VON MIR SCHEIDEN LASSEN.

BeweisStück

Ich denke nicht bloß immer nur an *mich*, ICH BIN AUCH NOCH FEIGE.

# 15.

Ich habe angefangen, Isabell zu trainieren. Dabei tue ich so, als wäre sie völlig *grün*.

Ich glaube zwar nicht, dass Isabell **völlig grün** ist, aber manche Sachen findet sie plötzlich doch sehr aufregend. Also fange ich eben in Ruhe ganz von vorne an und gebe ihr Zeit, sich an alles zu gewöhnen.

Und ich muss ehrlich gestehen, dass ich so ein neues Pferd selbst auch ziemlich aufregend finde. Ich gebe ihr, aber auch mir selbst die Zeit, damit ich nicht cooler zu tun brauche, als ich bin. So bleibt meine Angst immer zwischen 6 und 7.

In den vergangenen Tagen habe ich einfach nur neben Isabell

# WIE ICH *Angst* ÜBERWINDE

(meine eigene und/oder die meines Pferdes)

**A.** Ich ordne die Angst auf einer Skala von 1 bis 10 ein.

Mein Vater hat mir beigebracht, Gefühle zu bewerten, damit man darüber reden und sie vergleichen kann.

1. völlig entspannt, schlafend, vielleicht sogar tot
2. extrem ruhig, fast benommen
3. ruhig
4. entspannt (gut zum Fernsehgucken)
5. zufrieden (gut zum Schwatzen)
6. wach
7. aufmerksam, achtgebend
8. scheu
9. Herzklopfen
10. völlig in Panik

Daran kann man sich auch orientieren, wenn man ein Pferd trainiert: Zwischen 1 und 5 langweilt es sich, zwischen 8 und 10 kann es nicht aufpassen. Aber zwischen 6 und 7 kann es neue Dinge lernen.

## B. Ich versuche, zwischen 6 und 7 zu bleiben.

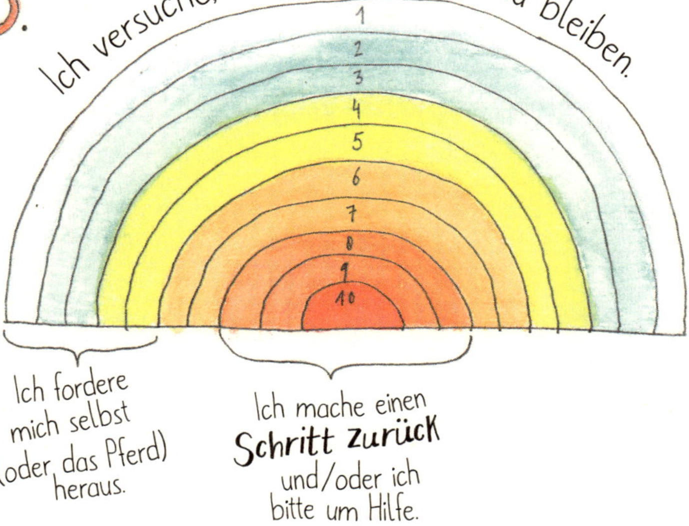


## C. Lass die ANGST *in aller Ruhe* VEREBBEN.

Ich gebe mir und dem Pferd Zeit, sich an das Beängstigende zu gewöhnen. Dann wird die Angst von allein IMMER WENIGER.

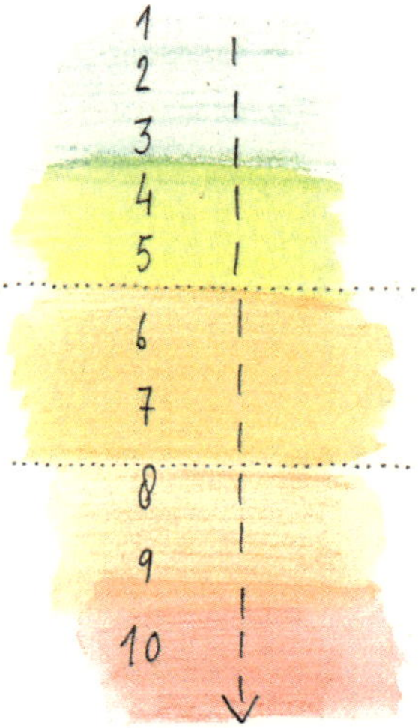

gesessen, bis sie schließlich von selbst neugierig auf mich wurde. Ich habe ihr die Gelegenheit gegeben, mich zu erforschen, ohne sie anzufassen. Sie roch an meinen Haaren, ganz vorsichtig an meinem Reißverschluss und an meinen Stiefeln. Ganz oft musste ich die Neigung unterdrücken, sie zu streicheln. Auch meine Hausaufgaben habe ich in einer Ecke des Paddocks gemacht, in der sie stand.

Als Dorris vorbeikam, haben wir in derselben Paddockecke Tee getrunken, damit Isabell es irgendwann für die normalste Sache der Welt hält, dass ich in ihrer Nähe bin.

## 16.

Wochenende! HEUTE ABEND DURFTE ICH ENDLICH ZUM ERSTEN MAL AUF HUGO AUFPASSEN. Papa und Tessa wollten zu einer Filmpremiere gehen. Papa ist der Zahnarzt des Hauptdarstellers, und der hat ihm VIP-Karten geschenkt, weil Papa ihm wunderbare neue weiße Zähne gemacht hatte.

Ich war den ganzen Nachmittag damit beschäftigt, lauter leckere Häppchen zu machen, die ich mit Poppy und Hugo essen wollte. Tessa möchte, dass Hugo nur gesunde Sachen bekommt, also habe ich *Apfelchips* gemacht und *Gurkenröllchen*.

Ich hatte Phine abgesagt, weil ich Tessa und Papa zeigen wollte, wie ernst ich das Babysitten nehme und wie *verantwortungsbewusst* ich bin. Hugo saß gemütlich in seinem Stühlchen neben mir an der Spüle. Ich hatte ihm schwarze Olivenringe auf all seine Fingerchen gesteckt. Das fand er lustig und aß einen nach dem

# Gesunde SNACKS

## APFELChips

1. Nimm einen Apfel pro Person. Entferne das KERNGEHÄUSE.

2. Schneide den Apfel in HAUCHDÜNNE Scheiben.

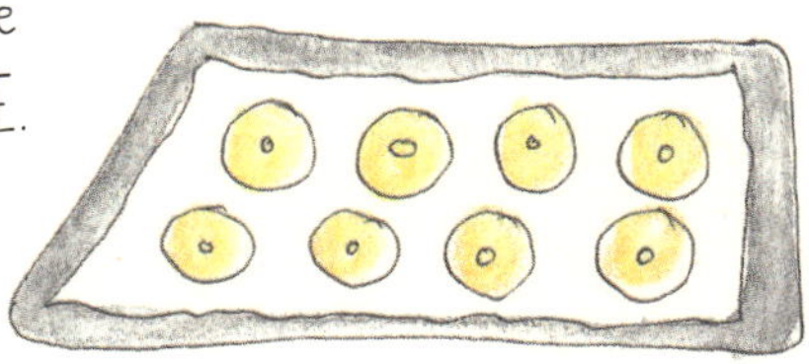

3. Lege die Apfelscheiben auf Backpapier.

in den Ofen

4. 

5. 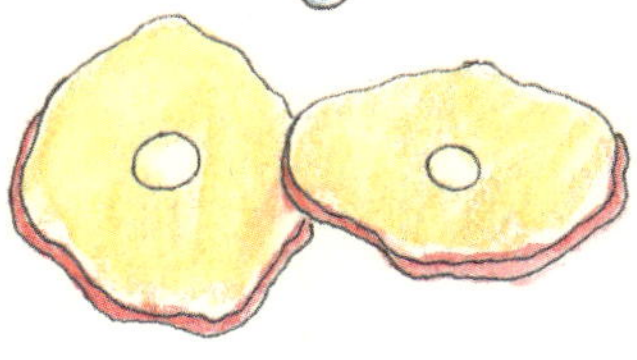

Voilà!

# GURKENRÖLLCHEN

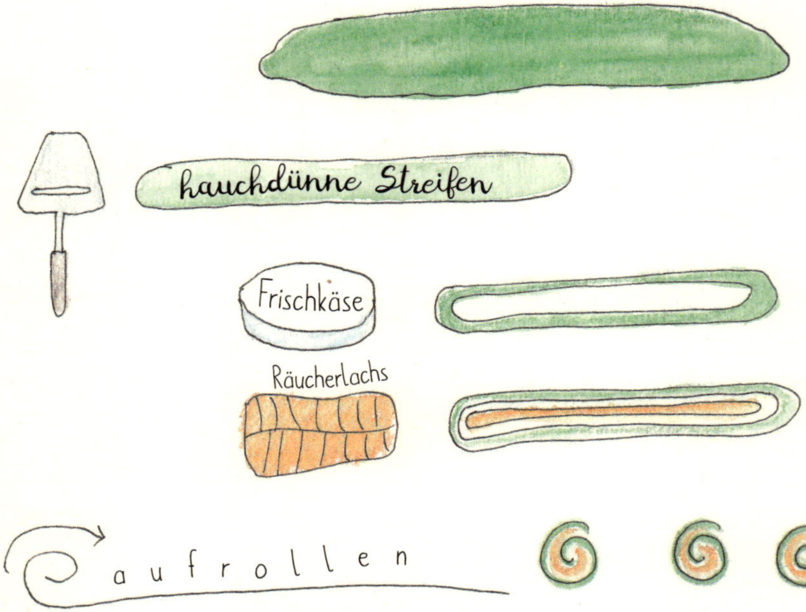


anderen ab. Tessa hatte sich schön gemacht. Als sie nach unten kam, hüstelte Hugo ein kleines bisschen. Es war ein winziges, klitzekleines Mini-Hüsteln. Aber Tessa sah ihn besorgt an und klopfte ihm den Rücken.

„Dieser Husten gefällt mir gar nicht“, sagte sie zu Papa.

Er stand hinter ihr in seinem Smoking und schaute auf seine Armbanduhr. „Vor sechseinhalb Stunden habe ich ihm seine acht Vitamintropfen gegeben“, sagte er.

„Ich habe Angst, dass er eine Grippe bekommt …“

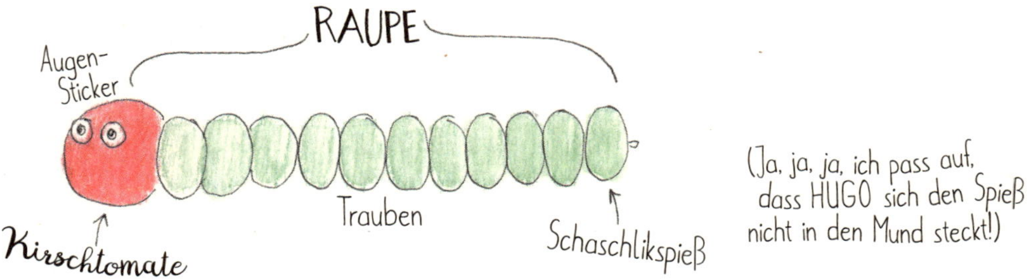


Sofort war Papa auch besorgt. „Sollen wir mit ihm zum Kinderarzt?“

„Na ja, das ist nun auch wieder nicht nötig. Wenn ich heute Abend einfach bei ihm bleibe, kann ich ihn genau im Auge behalten. Wir brauchen ja nicht für jeden Mückendreck zum Kinderarzt“, sagte Tessa, als wäre sie total entspannt.

Ich war enttäuscht.

All meine leckeren Häppchen ... umsonst.

„Du kannst doch immer noch auf Hugo aufpassen“, meinte Tessa. „Weißt du, ich mische mich überhaupt nicht ein, ich bin nur da, falls es schiefgeht.“

SO MACHT BABYSITTEN ECHT NULL SPASS.

Doch dann fragte Papa mich: „Kannst du in zwölf Minuten umgezogen sein?“

Ich durfte mit ihm zur **Filmpremiere**. Mit lauter bekannten Leuten!

Innerhalb von zwölf Minuten musste ich sämtliche Entscheidungen treffen. Zum Glück ist mein Kleiderschrank in der Stadt sehr gut gefüllt. Da

hingen zum Beispiel noch zwei funkelnagelneue Kleider, die Tessa mir gekauft hatte. Ich zog das dunkelblaue an.

Noch zehn Minuten.

In vier Minuten konnte ich mir die Wimpern tuschen und Eyeliner auftragen, sogar mit Flügeln.

Zwei Minuten Haare bürsten.

Aber ich musste unbedingt noch was mit meinen Fingernägeln machen. Ich hatte sie zwar schon gründlich geschrubbt, als ich bei Papa ankam, aber ich hatte natürlich schwarze Ränder, das haben Pferdetrainerinnen nun mal. Ich zog mir also zuerst meine Jacke über und lackierte mir dann noch schnell die Fingernägel, damit man die Trauerränder nicht sah.

Im Taxi wedelte ich sie trocken.

Wir betraten den roten Läufer, der zum Kino führte. Vor uns ging eine Schauspielerin, die auch in *Expedition Robinson* spielt, und darum dauerte es lange, bis wir reinkonnten. Die Schauspielerin wurde von allen Seiten fotografiert und posierte so mit dem Jungen neben ihr, dass sie sehr verliebt wirkte. Hinter der Absperrung standen Fotografen und auch ganz normale Leute, die mit ihren Handys Fotos machten. Papa lachte sein weißes Zahnpasta-Lachen und in seinem Smoking hätte er ohne Weiteres für einen berühmten Filmstar durchgehen können oder wenigstens für einen bekannten Quizmaster.

Am Rand stand auch eine ältere Frau, die mir zuwinkte. Ich schaute mich um, ob sie nicht vielleicht doch jemand anderen meinte. Aber nein, es ging ihr wirklich um mich! Sie fragte mich, ob ich ein Autogramm in das Buch ihres Sohnes schreiben würde.

Ihr Sohn war schon ein erwachsener Mann, der mir erfreut sein Buch ins Gesicht drückte. Ich glaube, er war ein wenig verrückt. Ich sagte zwar, ich sei niemand Bekanntes, aber die Frau meinte, für ihn wäre das egal. Also schrieb ich meinen Namen ganz schnell, damit es aussah wie eine echte Unterschrift, und gab dem frohen Mann das Buch zurück. Er drückte einen Kuss auf das Papier, und dabei tropfte ihm ein wenig Schnodder aus der Nase, der die Tinte zerfließen ließ.

Aber nun dachten andere Leute offenbar auch, dass ich jemand Berühmtes war, und baten mich sicherheitshalber ebenfalls um ein Autogramm. Ich teilte noch drei aus, bis Papa fragte, ob ich mit reinkäme.

AUTOGRAMME SCHREIBEN IST KLASSE. DARAN KÖNNTE ICH MICH GLATT GEWÖHNEN!

Das Kinofoyer war schummrig beleuchtet und um uns herum standen lauter schön gekleidete Menschen. An der Menge der Beachtung, die jeder bekam, konnte man sehen, wer wichtig war. Ein kleiner Mann in einem auffälligen Anzug lachte superlaut. Eine blonde Schauspielerin ließ sich von einem Kreis von Leuten um sie herum bewundern und begrüßen.

Papa wurde ein Glas Champagner gereicht und er bestellte mir einen Apfelsaft. Er nahm erst einen Schluck, als ich mein Glas bekam, und prostete mir zu.

Der bekannte Schauspieler mit den neuen Zähnen kam zu uns herüber, legte den Arm um meinen Vater und schüttelte ihn hin und her.

„Gut, dass du da bist, Olli“, sagte er, als wären sie die dicksten

# WIE werde ich

1. **Fußballstar** werden

2. **Freundin eines Fußballstars** werden

# BERÜHMT?

und kann viele Autogramme austeilen

**Sängerin** werden (Das klappt in diesem Leben NICHT mehr, ich singe TOTAL falsch.)

SCHAUSPIELERIN werden (Ja, ja, das wär eine Option, aber eigentlich stehe ich gar nicht so gern im MITTELPUNKT.)

**Modell** werden (Würde mich bestimmt total verunsichern, weil ich ja NICHTS daran MACHEN kann, wie hübsch/nicht hübsch ich bin.)

## WILL ich überhaupt **berühmt** sein?

- [x] Alle mögen einen.
- [ ] Alle ACHTEN auf einen.
- [ ] Man weiß nie genau, wer ECHTE Freunde sind.
- [ ] Leute reden über einen.
- [x] Man ist nicht mehr SELTSAM, sondern EXZENTRISCH.
- [x] Man wird zu allen tollen Partys eingeladen.

(angekreuzt, was ich gut fände)

Freunde. Papa erstarrte, weil er es überhaupt nicht mag, wenn Leute ihn anders nennen als Olivier. Mich küsste der Schauspieler auf die Wange. „Hellooo, Püppi", sagte er.

„Nein, sie heißt Pippa", sagte Papa todernst. „Meine Älteste."

Aber der Schauspieler war schon weitergegangen und umarmte andere Leute. Als würde sich das Fest nur um ihn drehen. Der Agent des Schauspielers folgte ihm auf Schritt und Tritt und bat meinen Vater um seine Visitenkarte. Mit einem Finger zeigte er auf seine Zähne, dann hob er den Daumen und sagte: „Perfekt!"

Papa gab ihm seine Karte und bekam die des Agenten. (Darum weiß ich, dass er einer war. Kein Geheimagent oder so was, sondern jemand, der alles für Schauspieler und Schauspielerinnen regelt. Die Verträge zum Beispiel, aber eben auch neue Zähne.)

Papa sah ganz genau hin, als der Agent auf seine Zähne zeigte, und sagte: „Überhaupt nicht perfekt! Sie haben einen leichten Überbiss, aber das können wir ganz einfach lösen."

Der Agent war jedoch ebenfalls schon wieder weitergegangen und ich sah Papas verwirrten Blick.

„Er meint, dass du die Zähne von dem Schauspieler perfekt gemacht hast", erklärte ich.

„Aber dann soll er doch nicht auf seine eigenen Zähne zeigen", sagte Papa.

Der Film war spannend, doch das Publikum fand ich *noch* spannender. Ich schaute zu den Prominenten und dachte an Dorris, wie gern ich ihr davon erzählen würde. Ich beobachtete, wie die Leute miteinander umgingen, und dachte an Phine, wie gern ich mit ihr darüber schwatzen würde.

Eigentlich nicht ganz mein Geschmack, aber es klingt so schick.

Nach dem Film standen Papa und ich im Foyer und waren für niemanden interessant. Und dann sind wir zum Souper ins De L'Europe gegangen. Soupieren bedeutet, sehr spät zu Abend zu essen. Und das De L'Europe ist ein schickes 5-Sterne-Restaurant.

„Wir essen noch einen Happen", sagte mein Vater, und es klang, als würden wir schnell was im Schuppen um die Ecke essen. Er fragte, wie viel Hunger ich hatte.

„Ziemlich viel, 7."

Papa überließ mir den Platz auf der Bank, damit ich mir die Leute im Restaurant ansehen konnte, und setzte sich mir gegenüber auf einen Stuhl. Wir aßen dicke Hummerbeine, die wir in hausgemachte Mayonnaise tauchten. Papa trank ein Glas eiskalten Weißwein und ich nahm ein Tonic. Ich erzählte, dass ich später vielleicht doch Schauspielerin werden wollte, weil ich Unterschriften austeilen so gern mochte. Papa meinte, dann solle ich besser Notarin oder Politikerin werden, die unterschreiben auch sehr viel.

Ich nahm noch ein Himbeer- und Apfelsinen-Sorbeteis und Papa trank einen Kaffee. Das war wirklich viel leckerer als Traubenraupen und Olivenringe. Auf meiner Gefühlsskala lag ich bei 10.

Oh, und wahrscheinlich ist es überflüssig zu erwähnen, aber HUGO HAT DIE NACHT ÜBERLEBT. Sein Hüsteln war kein Vorbote einer offenen Tuberkulose, eines Lungenemphysems oder der Cholera,

# Etikette

GELERNT
von meinem
**Vater**

## während eines Soupers

Ein Souper ist eine **festliche** Mahlzeit SPÄT am Abend, oft nach einer VORSTELLUNG.

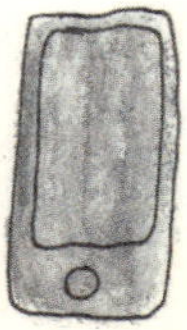

Schalte das **Telefon** stumm.

Leg die Serviette auf deinen Schoß.

Bevor du einen Schluck von deinem Getränk nimmst, drück die Serviette gegen deinen Mund. (Nicht wischen!)

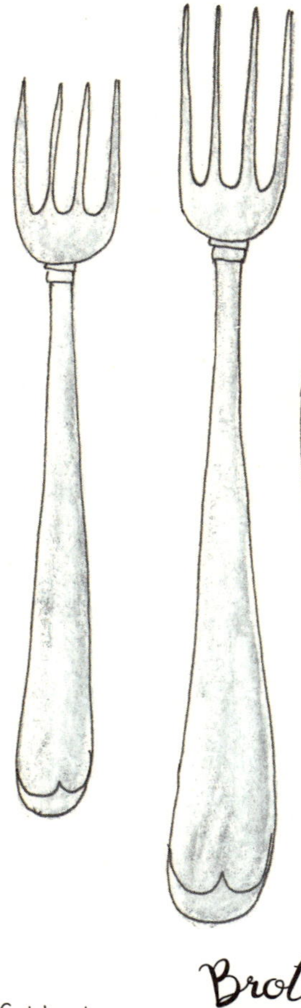

**Gabeln** liegen LINKS.

Man fängt mit dem äußeren Besteck an.

Salz & Pfeffer

...bilden ein Paar und bleiben immer zusammen ... ... die schon...

# Nach den REGELN DER ETIKETTE darf man mit den Händen essen:

**Spargel**

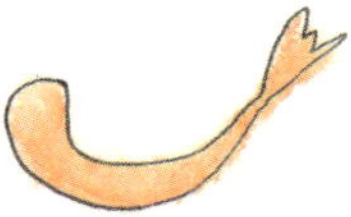

**Garnelen**

Brot

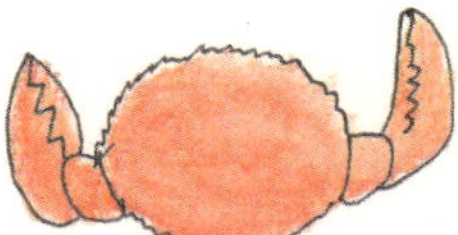

**Krabben & Hummer**

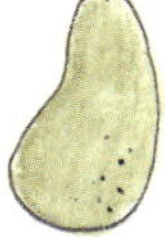

**Obst**

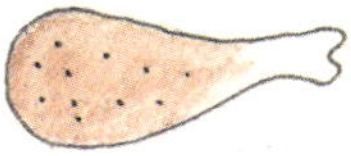

Fleisch am Knochen

**Messer** liegen RECHTS, die scharfe Seite zum Teller gerichtet.

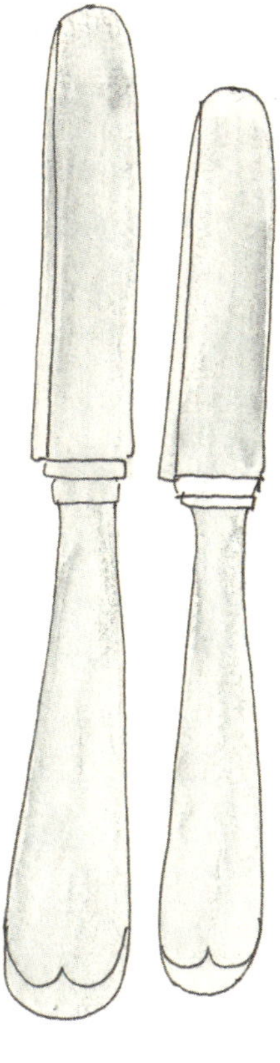

Wenn man mit dem Essen FERTIG ist, legt man das Besteck auf den Tellerrand, auf 20 nach 4.

sondern wahrscheinlich ein Olivenstückchen, das seinen Weg finden musste. Doch Tessa zieht „das Sichere dem Unsicheren" vor. Ich glaube, sie war vor allem unsicher in Bezug auf mich als Babysitterin.

## 17.

Also, jetzt weiß ich, was mit Isabell nicht stimmt, und das ist kein Pappenstiel! So habe ich es herausgefunden:

Ich habe Isabell an ein Pad gewöhnt.

Ich war ein wenig überrascht, dass sie es zuließ. Sie spielte (noch) nicht verrückt – also kannte sie das. Aber ich sah auch, dass sie es nicht angenehm fand. Sie presste die Kiefer aufeinander und kehrte den Blick nach innen. Und als ich dann ein Tau um ihren Bauch legte, dort, wo der Sattelgurt normalerweise ist, drehte sie durch und fing wild an zu bocken. Sie stieg auf zwei Beine, landete wieder, trat um sich. Voller Panik versuchte sie, auf

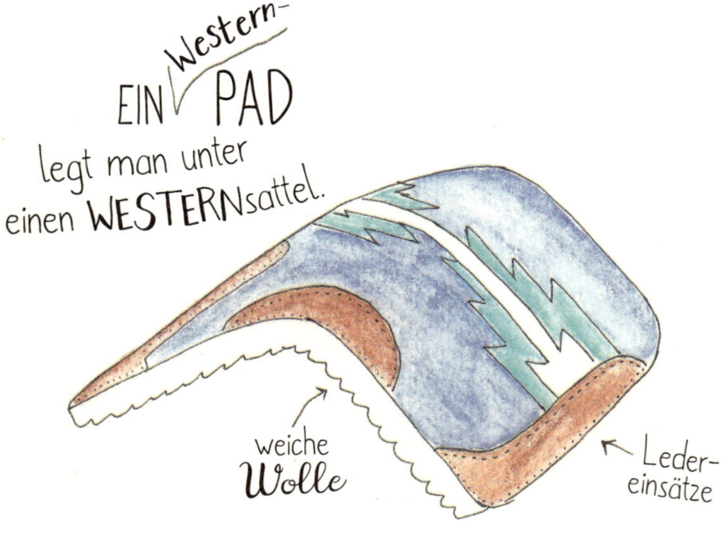

alle mögliche Art und Weise das Tau um ihren Bauch loszuwerden. Mit gekrümmtem Rücken und vier Beinen in der Luft, wie ein echtes Rodeopferd.

„Okay", sagte meine Mutter langsam, als ich ihr davon berichtete, „das ist keine Kleinigkeit. Ich kann verstehen, dass man so ein Pferd nicht verkaufen kann. Wenn es nicht mal einen Sattel erträgt."

Isabell beruhigte sich erst, als das Tau um ihren Bauch endlich ab war. Sie schnaubte und ihre Augen traten fast aus dem Kopf hervor, aber ich durfte vorsichtig zu ihr gehen. Mittlerweile wusste sie, dass ich sie nicht ohne ihre Erlaubnis anfassen würde. Sie kam sogar zu mir. Das hatten wir immerhin schon zusammen erreicht.

Trotzdem kann ich mir nicht vorstellen, jemals den Mut zu haben, mich auf ihren Rücken zu setzen.

der wie eine tote Schnecke küsst – sagt Dorris

Beweisstück 5

# 18.

Ich bin so ein herzloses Monster. KAJ HAT SCHLUSS GEMACHT MIT DORRIS UND ICH BIN SOOOOOOOO FROH! Dorris gehört wieder mir. Kaj ist vorbei. Indirekt ist das meine Schuld. Mein Exfreund Jesse nämlich hat eine neue Freundin und die hat wiederum eine Freundin, die plötzlich viel mit ihnen rumhing. Also fragte Jesses neue Freundin immer, ob Kaj nicht auch mitkommen wolle, damit die Freundin von der Freundin auch jemanden hatte. Und jetzt sind sie zusammen! Können sie wieder schön zu viert nette Sachen

der wie ein Ringkämpfer küsst

# WAS MAN ZUR AUFMUNTERUNG SAGEN KANN, WENN ES AUS IST

Dingsda*
ist auch
wieder SOLO!

* Name von
irgendeinem
Typen

Er weiß
NICHT,
was er
VERPASST!

Jetzt können **WIR**
wieder schöne Sachen
*zusammen* machen!

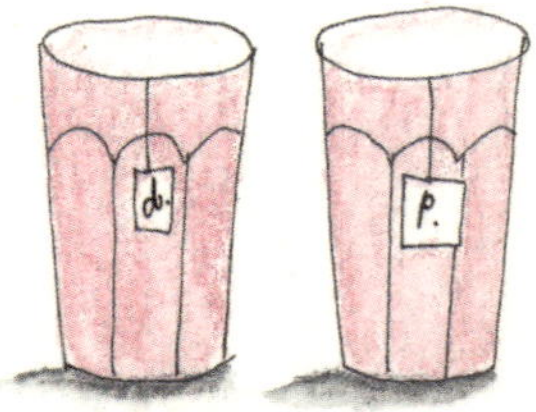

Du bist viel
**ZU TOLL**
für ihn!
– *Meinst du?*

Das wird
ihm noch
FURCHTBAR
LEID tun!

Schließlich haben Dorris & ich
ein DOUBLE-DATE mit
Ben & Jerry organisiert ...

(Hilft immer.)

machen – und ich hab meine Dorris wieder. Na ja, jedenfalls fast, weil sie jetzt ja noch untröstlich ist. Ich sag ihr natürlich nicht, dass ich froh bin, ich sag nur liebe und witzige und aufmunternde Sachen zu ihr. Aber in meinem *Journal* kann ich ja ehrlich sein. Darum mag ich mein Journal auch so. Im Moment mag ich alles und jeden. Sogar Kaj, weil er Schluss gemacht hat. ☺

# 19.

Ich bin doch wieder ein gutes Stück weitergekommen mit Isabell. Ganz entspannt habe ich alles mit ihr geübt. Ich warf ihr das Pad in einer fließenden Bewegung auf den Rücken, nahm es wieder runter, warf es wieder drauf und nahm es wieder ab. In einem ganz ruhigen, aber regelmäßigen Rhythmus. Rauf und wieder runter. Bis Isabell sich daran gewöhnt hatte. EIN PFERD FÄNGT NICHT AN ZU SCHNURREN wie eine Katze und wedelt auch nicht mit dem Schwanz wie ein Hund, wenn es sich freut. Ein Pferd entspannt sich bloß. Das erkennt man an dem sanften Blick und dem lockeren Fell.

Außerdem schmatzt und kaut ein Pferd, wenn es gerade mit angespanntem Kiefer etwas Unheimliches erlebt hat und sich danach entspannt. Nach einer Weile fing Isabell tatsächlich an zu schmatzen, und dadurch wusste ich:

- dass sie das Pad ziemlich aufregend fand,
- jedoch anfing, sich daran zu gewöhnen,
- und dass dies der beste Moment war, mit der Übung aufzuhören.

wie ein Pad!

# WAS ich BISHER GELERNT HABE über DAS TRAINIEREN von PFERDEN auf **natürliche** Weise

1. Die **Beziehung** ist wichtiger als das ERGEBNIS.

Das Pferd soll alles machen, weil es dir VERTRAUT, **nicht** aus ANGST vor Strafe.

Wir halten kurz vor dieser SUPERgruseligen Pfütze, damit du sie untersuchen kannst.

→ FREUNDLICHKEITSSPIEL

Eine Übung, um das Pferd in Ruhe an alles (Stick, Leine, deine Hände, Sattel) gewöhnen zu lassen.

GEWÖHNEN · STOPP · GEWÖHNEN · STOPP

von ihm erfunden!

Pat Parelli

Am nächsten Tag habe ich mit Isabell in der Weide trainiert. Das Pad auf ihrem Rücken fand sie nun okay, sie graste einfach weiter. Mit einem Stick habe ich sie unter dem Bauch gestreichelt, bis sie sich daran gewöhnt hatte und es allmählich sogar schön fand. Ich habe ihr zwei lose Steigbügel umgehängt. Zum zigsten Mal habe ich ihr das Tau locker um den Bauch gehängt und sie damit rumlaufen lassen. Sie gab keinen Mucks von sich. Das wäre geschafft!

## 20.

Als ich heute aus der Schule kam, WAR ALLES ENTSPANNT. Es war windstill, die Sonne schien, alle Tiere machten ihr eigenes Ding.

2. Wenn man sich Zeit nimmt, geht es **schneller!**

Anders gesagt, wenn du Pferde trainierst, gilt:

EILE = DRUCK = UNSICHERHEIT.

Das Pferd wird dann unruhig und das Training ist sinnlos!

Poppy saß in ihrem Zimmer und spielte. Tim war bei der Arbeit in der Stadt und Mama beschnitt Muffins Hufe. Ich habe meinen Sattel genommen. Im Kopf habe ich alles noch mal überprüft:

- Etwas auf ihrem Rücken – *check*, daran ist sie gewöhnt.
- Etwas um ihren Bauch – *check*, daran ist sie gewöhnt.
- Flatternde Dinge neben ihr – *check*, daran ist sie gewöhnt.

Ohne allzu viel darüber nachzudenken, habe ich alles zusammengebracht: Zuerst ließ ich Isabell am Sattel riechen, und als das okay war, habe ich ihn auf ihren Rücken gelegt. Wie ich es auch mit dem Pad gemacht habe. Dann habe ich ihn wieder abgenommen und wieder aufgelegt. Und wieder abgenommen. Bis Isabell fast einschlief. Ich führte den Sattelgurt unter ihrem Bauch durch und befestigte ihn am Sattel. Aufmerksam machte ich mich darauf gefasst, dass sie wie eine Besessene lospreschen würde, sich auf die Hinterbeine stellen und ausschlagen würde. Doch nichts geschah. Sie ging in aller Ruhe zu einem Grasbüschel am Rand des Paddocks, rupfte es ab und schüttelte den Sand herunter.

Erleichtert holte ich tief Luft. Und merkte, dass ich meinen Kiefer total fest aufeinandergepresst hatte. Ich ließ Isabell an einer Leine laufen, um zu schauen, ob sie den Sattel aufregend fand.

Nichts geschah. Sie fand es völlig in Ordnung!

Endlos habe ich versucht, sie mit einem Tau um den Bauch entspannen zu lassen. Und heute ging dann plötzlich alles so rasch. Ich atmete ruhig weiter, denn seltsamerweise war ich nun ganz gelassen. Ich hörte alle Geräusche um uns herum, roch alles, nahm alles wahr und trotzdem war meine Aufmerksamkeit voll und ganz auf uns beide gerichtet. Auf Isabell, aber auch auf mich – genauso, wie ich mich darauf konzentrierte, wie *sie* sich fühlte, so konzentrierte ich mich auch auf mich selbst. Bei dem geringsten Zweifel würde ich es nicht tun. AUF DER GEFÜHLSSKALA LAG MEINE ANGST BEI 7. Ich war aufmerksam und achtsam, aber überhaupt nicht in Panik.

Mit einem Bein stieg ich in den Steigbügel. Legte mein Gewicht auf den Sattel. Und wedelte mit dem Arm auf der anderen Seite des Sattels, damit Isabell wusste, dass da gleich mein Bein hinkommen würde. Wenn sie verrücktspielte, konnte ich so immer noch wieder abspringen.

Doch sie spielte nicht verrückt. In aller Ruhe schwang ich mein Bein über ihren Rücken und ließ es auf der anderen Seite herunterhängen. Ich saß im Sattel. Ich atmete aus. Ich lachte. Ich saß auf Isabell! Es war nicht unheimlich, es war nicht aufregend, es war genau so, wie es in diesem Moment sein sollte.

Wir gingen eine Runde durch den Außenplatz. Isabell schaute sich neugierig um – und ich strahlte vor Stolz.

Wir gingen entspannt umher, mit schleifenden Zügeln, das war eine gute erste Erfahrung. Nach ein paar Runden stieg ich ab. Ungern nur. Am liebsten hätte ich weitergemacht. Aber damit nimmt man wieder die Haltung eines Jägers ein, der will, dass es unbedingt klappen muss. Und vielleicht vergisst man darüber, dass man zusammengehört. So war es also perfekt.

Ich nahm Isabell den Sattel ab und hockte mich ins Gras. Isabell knickte die Beine ein und fing an, sich lang und breit zu wälzen. Danach blieb sie kurz liegen und ließ zu, dass ich ihr weiches Fell streichelte. Das war das schönste Kompliment, das sie mir machen konnte: Vertrauen.

Als ich meiner Mutter später erzählte, ich wäre auf Isabell geritten, war sie überhaupt nicht sauer, dass ich sie nicht gerufen hatte. Im Gegenteil – sie fand es total gut, dass ich **auf mein Gefühl gehört hatte.**

„Denn dein Gefühl ist super, Pippa", sagte sie.

Ich glühe immer noch von diesem *Kick*. Wie irre großartig cool stolz sanft schön stark ich bin! Ich bin die beste Pferdetrainerin der ganzen Welt. Na gut, von Misthausen. Heute jedenfalls.

## 21.

Vergangene Woche bin ich jeden Tag auf Isabell geritten. Mit Sattel, ohne Sattel, mit Zügeln, mit gar nichts, durch die Weide, im Außengelände und auch im Wald. Heute bin ich gemächlich im Schritt zurück zum Bauernhof geritten, als plötzlich ein grüner Transporter bei uns in die Einfahrt fuhr und schlitternd zum Stillstand gelangte. Eine Frau mit Gipsarm sprang heraus. Mit ihrem gesunden Arm wedelte sie herum und rief, ich müsse auf der Stelle von dem Pferd runterkommen. Ihr Mann war auch ausgestiegen und griff aus heiterem Himmel nach Isabell. Die bekam natürlich einen Schrecken und bäumte sich auf.

Laut bellend rannte Hippie zu uns und nun wurde auch meine Mutter aufmerksam. Sie kam heraus, um zu schauen, was los war.

Der Mann schrie mich an: „Siehst du! Steig sofort ab, dieses Pferd ist lebensgefährlich!"

Meine Mutter sagte, dass alles weniger schlimm wäre, wenn sie mich in Ruhe lassen würden. Sie stellte sich zwischen den Mann und mich.

Die beiden hörten jedoch nicht auf durcheinanderzurufen:

„Blitz kann man nicht vertrauen!"

„Sieh nur, ich hab mir den Arm gebrochen." Mit ihrem gesunden Arm zeigte die Frau auf ihren gebrochenen und danach auf ihren Kopf. „Und eine Gehirnerschütterung hab ich auch."

## 3. MACH ALLES DOPPELT

Augen, Ohren und auch die Gehirnhälften funktionieren getrennt voneinander. Eigentlich hast du also zwei Pferde vor dir – und du musst sie beide trainieren. Alles, was du auf der einen Seite machst, musst du auch an der anderen machen.

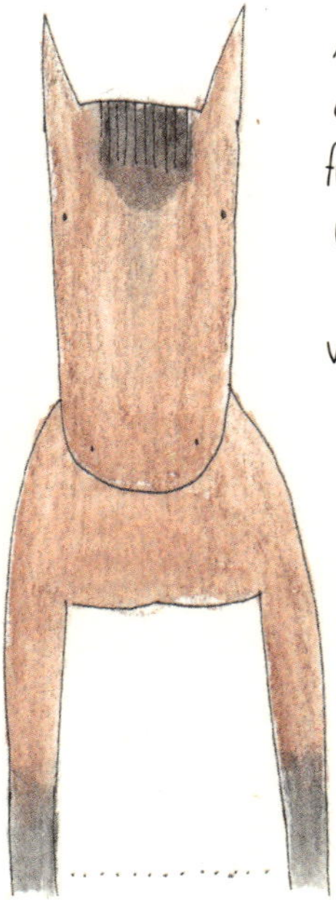

Augen, Ohren und auch die Gehirnhälften funktionieren getrennt voneinander. Eigentlich hast du also zwei Pferde vor dir – und du musst sie beide trainieren. Alles, was du auf der einen Seite machst, musst du auch an der anderen machen.

☺

„Niemand darf mehr auf ihr reiten."

„Sie ist viel zu unberechenbar."

„Wir konnten doch nicht wissen, dass ein junges Mädchen sie reiten würde."

„Oh, ich fühle mich so schuldig!", jammerte die Frau.

„Da hätten die größten Unfälle passieren können", rief der Mann.

Meine Mutter schaute mich an, runzelte die Stirn und verdrehte die Augen. Sie sagte zu mir, ich solle Isabell bitte absatteln und auf die Weide schicken. Zu dem Mann und der Frau sagte sie, dass sie *reden* müssten.

Weil man ein Pferd, das Blitz oder Tornado *heißt*, natürlich auch anders behandelt als ein Pferd, das *Schnuckel* oder eben Isabell heißt.

Als ich zurückkam, saß meine Mutter entspannt am Gartentisch, die Frau jammerte weiter herum und der Mann war rot angelaufen.

Wie sich herausstellte, hatten die beiden Isabell zu uns gebracht, nachdem die Frau zum zigsten Mal abgeworfen worden war. Die Frau hatte es zu schlimm gefunden, Blitz zum Schlachter zu bringen, doch so ein wildes Pferd konnte man auch nicht verkaufen. Und ein Pferd, auf dem man nicht reiten kann, ist ein teures Hobby. Also hatten sie beschlossen, es nachts zu uns zu bringen. Sie waren öfter an unserem Bauernhof vorbeigekommen und hatten gedacht, wir hätten eine Art Pferdeheim. Sie waren davon ausgegangen, dass beim Satteln jeder merken würde, dass man auf diesem Pferd nicht reiten konnte. Aber jetzt hatten sie gesehen, dass sehr wohl jemand auf ihm ritt, sogar ein Mädchen.

„So, das ist also eure Blitz ...", sagte Mama nun. „Kein guter Name für ein Pferd." Mama glaubt nämlich, dass Pferde sich nach ihrem Namen verhalten. „Was habt ihr mit ihr vor?", fragte Mama die beiden.

Ich bekam einen Kloß im Hals. Wie konnte sie das nur fragen?

„Zunächst einmal wollen wir, dass nie wieder jemand auf Blitz reitet, wirklich *nie* wieder", sagte die Frau.

„Dann nehmt ihr sie wirklich am besten wieder mit", antwortete Mama.

Die beiden tuschelten miteinander. „Vielleicht können wir sie jetzt doch verkaufen", hörte ich den Mann sagen, „das Kind reitet schließlich auch auf ihr. Und dann verdienen wir noch was an dem Gaul, er hat uns ja genug gekostet."

Die Frau beharrte dagegen darauf, dass niemals wieder jemand auf Isabell reiten solle. Diese Verantwortung wolle sie nicht übernehmen.

Ich konnte kaum still sitzen bleiben, ich hopste von einem Bein aufs andere. Was, wenn sie Isabell wirklich wieder mitnehmen würden?

„Gut", unterbrach meine Mutter sie irgendwann. „Dann möchte ich gern mit euch abrechnen. Eure Blitz steht hier jetzt seit fünf Wochen ..." Meine Mutter nahm ihr Telefon und rechnete drauflos. Ich hatte nicht einmal gewusst, dass sie den Taschenrechner auf ihrem Handy finden konnte! „Fünf Wochen Stall, Stroh, Heu, Weidegang, auf die Koppel führen und wieder in den Stall, dann der Hufschmied ... das macht 525 Euro."

Der Mann und die Frau schauten sich an, und man sah, dass der Mann rechnete. Er glaubte noch immer an den Verkauf, aber die Frau schüttelte den Kopf.

Und meine Mutter war noch nicht fertig: „Da kommt dann noch tägliches Training hinzu, 5 Wochen lang 5 Tage mal 35 Euro pro Tag, was wirklich sehr günstig ist. Macht 875 Euro." Ihre Finger drückten fest auf die Tasten. „Plus 525, dann komme ich auf einen Gesamtbetrag von ... 1.400 Euro."

Der Mann kriegte einen Schrecken. „Aber das ist sie doch überhaupt nicht wert!"

„Blitz ist es euch vielleicht nicht wert, aber Isabell ist es uns sehr wohl wert. Für 1.400 Euro würden wir sie euch abkaufen."

Der Mann schaute verwundert, dann grinste er.

„Bitte sehr", sagte meine Mutter und streckte die Hand aus.

Der Mann hielt ihr seine entgegen.

„Die 1.400 Euro habt ihr schon von uns bekommen“, erklärte Mama jedoch und zog die Hand wieder zurück.

Der Mann betrachtete erstaunt seine leere Hand.

Mama fuhr fort: „Ich werde euch sagen, wie wir es machen. Entweder, ihr kommt morgen mit dem Trailer und holt eure Blitz wieder ab. Dann schuldet ihr uns 1.400 Euro. Oder ihr werft uns ihren Pferdeausweis morgen in den Briefkasten und Isabell bleibt für immer bei uns.“

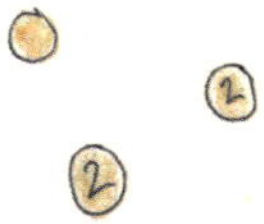

„Aber ...“, wehrte sich die Frau, „wir wollen doch nicht, dass noch mal auf Blitz geritten wird.“

„Das Erste, was wir tun werden, ist, ihren Namen ändern“, entgegnete meine Mutter. „Und dann reitet niemand mehr auf Blitz.“

Ich finde Mamas Trick total clever, aber jetzt bin ich mächtig nervös.

Wir haben Instant-Nudeln auf der Veranda gegessen, Tim war noch bei der Arbeit. Poppy war lieb und versuchte, mich aufzumuntern. „Morgen gehört Isabell bestimmt dir!“

Mama schaute verträumt vor sich hin und fing an aufzuzählen, wofür sie die 1.400 Euro gut gebrauchen könnte: „Neue Stoßdämpfer fürs Auto ...“

„Und einen Keilriemen“, ergänzte Poppy.

„Neuer Sand für den Paddock“, fuhr Mama fort, „das Futtergatter schweißen lassen ...“ Doch dann

schaute sie mich mit großen Augen an. „Aber, Pippa, was nützt uns Geld, wenn wir ein Pferd haben können? Ich hoffe so sehr, dass diese Leute die richtige Entscheidung treffen und Isabell bei dir lassen. Ihr habt einander wirklich verdient!"

In diesem Moment sahen wir, wie Isabell in der Ferne aufhörte zu grasen und kurz zu uns hersah.

Es wäre großartig, besonders, supertoll und so schön, wenn Isabell morgen mir gehörte. Und wie unerträglich, gemein, blöd, schlecht, hässlich und schrecklich, wenn sie wieder zu diesen grässlichen Leuten müsste, mit ihrem dämlichen Auto und ihrem extremen Pferde-Unverstand!

## 22.

Ich verstehe jetzt, warum man vor lauter Stress ein Stolperherz kriegen kann. Obwohl ich, ehrlich gesagt, nicht genau weiß, was das ist.

Vor der letzten Schulstunde behauptete ich, mir sei übel, damit ich früher nach Hause konnte. Das war nicht mal richtig gelogen, weil mir vor lauter Nervosität wirklich ziemlich schlecht war. Es konnte ja sein, dass Isabell schon abgeholt worden war, wenn ich nach Hause kam! Ich hatte mich heute Morgen nicht mal von ihr verabschieden können. Ich mag Abschiede sowieso nicht, aber ABSCHIED NEHMEN VON EINEM PFERD IST WIRKLICH HERZZERREISSEND.

Als ich um halb zwei nach Hause kam, waren sie zum Glück noch nicht da gewesen. Mama sagte, sie könne auch an nichts anderes denken. Sie hätte die Trinkwannen auf der Weide sauber gemacht und lauter andere Sachen erledigt, um sich abzulenken. Und jedes Mal, wenn sie zu Isabell schaute, sei ihr der Atem gestockt.

Ich packte schnell meine Tasche fürs Wochenende und setzte mich dann an den Küchentisch, um die Auffahrt zu beobachten. Ich konnte nichts anderes tun, als zu warten, bis der grüne Transporter vorfuhr. Und bittebitte ohne Trailer!

Heute hatte ich überhaupt keine Lust, zu meinem Vater zu fahren. Er würde mich nicht trösten, wenn Isabell abgeholt würde, und wenn sie bleiben durfte, würde er sich nicht mit mir freuen. Darum wollte ich am liebsten auf dem Bauernhof bleiben, egal, was geschah.

„Das geht aber nicht, Äffchen", sagte meine Mutter. „Wenn du nicht in die Stadt fährst, schleift mich dein Vater vor Gericht."

Um halb vier war der grüne Transporter noch immer nicht da. Ich bekam doppelten Stress: a) wegen der Besitzer von Blitz – und b) wegen der Zeit, denn wir mussten um spätestens vier Uhr losfahren, um rechtzeitig bei meinem Vater zu sein.

Punkt vier saß Poppy dann auch im Auto, mit ihrem Koffer und ihrem riesigen Kuschelhund Fluffy. Sie kurbelte die Scheibe herunter und rief Mama zu: „Ich hab deine Schlüssel, wir können losfahren!"

Jede Woche sitzt Poppy rechtzeitig im Auto – und jede Woche muss meine Mutter auf den allerletzten Drücker noch irgendetwas erledigen:

# Mein PERSÖNLICHER STRESS-O-Meter

**entstressend**

ein WARMES Bad (draußen)

das zufriedene Geräusch von Pferden, die HEU kauen

ein *Lachanfall*

vor dem **Ofen** lesen

in die Waschmaschine singen

ein ganz neues TV-Programm zusammenzappen

im gestreckten **Galopp** über den langen Sandpfad im Wald = Entspannung und Aufregung gleichzeitig

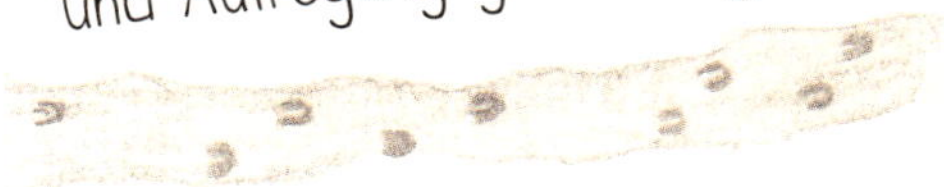

sich die richtigen GESCHENKE ausdenken und sie finden

**Versprechen**, die ich nicht halten kann

Dinge, die **PLÖTZLICH** alle sind (Handyguthaben, Klopapier, Salz)

meine Eltern zusammen – selbst wenn es nur 5 Minuten sind!

UNGEWISSHEIT wegen *Isabell*

**stressend**

* Einem Gatter, das sich nicht schließen lässt, einen Tritt verpassen.
* Schlüssel suchen, die grundsätzlich verschwunden sind.
* Van Dobben einfangen, der nicht in seinen Stall will.

Sie findet immer etwas.

Aber heute lag es an mir, dass wir zu spät abfuhren. Ich fragte, ob wir nicht noch ganz kurz warten könnten. Um halb fünf, als sogar Mama fand, dass wir jetzt losmussten, bin ich endlich eingestiegen. Und genau in diesem Moment bog der Transporter um die Ecke.

OHNE TRAILER!

Sie holten Isabell nicht ab, sie brachten ihren Pferdeausweis! Wir sprangen alle drei wieder aus dem Auto und umarmten uns gegenseitig. Wir umarmten auch den griesgrämigen Mann, der uns den Ausweis gab. Isabell gehört jetzt offiziell uns! Ich wollte sofort zu ihr rennen, um sie zu streicheln und zu küssen, aber Mama sagte, dafür sei es wirklich, wirklich zu spät.

Und dann rasten wir zur Tankstelle am Deich. Natürlich hätten wir Papa kurz anrufen sollen, um ihm zu sagen, dass wir später kommen würden, aber Mama konnte ihr Handy auf die Schnelle nicht finden und ich nehme mein *prähistorisches Klapptelefon* sowieso nicht mehr mit in die Stadt.

„Er wartet, bis wir kommen, ganz bestimmt", sagte Poppy.

Wir sangen den ganzen Weg über Lagerfeuer-Cowboylieder und ich hechtete vom Beifahrersitz auf den Rücksitz zu Poppy. Ich küsste ihr ganzes Gesicht ab, weil ich mit meiner Freude irgendwo hinmusste. Man weiß dann zwar genau, dass es für den anderen langsam zu viel ist, aber man kann sich nicht beherrschen. Schließlich kletterte ich wieder zurück und zupfte meine Mutter vor lauter Überschwang am Arm.

„He, pass auf", sagte sie lachend, „sonst fahre ich noch irgendwo gegen!"

Sie fuhr so schnell, wie sie konnte, aber ich wollte eigentlich noch gar nicht ankommen. Wir wiederholten mindestens hundert Mal, wie großartig es war, dass Isabell jetzt bei uns wohnte, für immer!

Um Viertel vor sechs hielten wir mit quietschenden Reifen auf dem Parkplatz, auf dem ein einziges Auto stand: der große dunkelblaue Land Rover meines Vaters, ebenso bedrohlich düster wie seine Laune.

Mama stieg aus und klopfte an die Fahrerscheibe. Wir krochen still auf den Rücksitz des Autos. Papa öffnete das Fenster einen winzigen Spalt, meine Mutter musste den Kopf schräg legen, um dadurch zu sprechen.

„Tut mir leid, Olivier", sagte sie, „das ist absolut meine Schuld, wir haben nämlich ein Pferd ..."

Bei dem Wort *Pferd* unterbrach er sie: „45 Minuten habe ich warten müssen. Und wie immer bei dir liegt es natürlich an einem Pferd. Schön, dass du zugibst, dass es wieder deine Schuld ist. Wenn du die Pferde für wichtiger hältst als die Kinder, werde ich das Sorgerecht beantragen." Ohne die Antwort meiner Mutter abzuwarten, gab er Gas und raste davon, fast über ihre Zehen.

Ich winkte Mama nach, aber sie konnte mich nicht sehen, weil die Autofenster verdunkelt sind. Als wir vom Parkplatz auf die



Man kann rausschauen, aber nicht hinein.

Straße bogen, hörte ich das Auto meiner Mutter starten. Mit viel Lärm und quietschendem Keilriemen.

Papa hat bis einschließlich des Abendessens nicht mit uns gesprochen, so wütend war er. Tessa versuchte zwar, es uns nett zu machen. Trotzdem habe ich mich nicht getraut, von Isabell zu erzählen.

Poppy kam eben zu mir ins Zimmer. „Ich verstehe wirklich, wenn es nicht klappt zu Weihnachten, Pippa."

Das fand ich sehr lieb von ihr. Aber ich käme mir so idiotisch vor, wenn es mir nicht einmal gelingen würde, meine beiden Eltern einen Tag oder wenigstens einen Abend lang gemütlich zusammenzubringen. Wenn ich *das* schon nicht kann, was kann ich denn dann wohl? Aber wie ich es angehen soll? Ich habe nicht die geringste Ahnung, zwischen den beiden ist es schlimmer denn je.

Gerade schreibt Phine mir: *Pipster, bist du wieder in der Zivilisation? Ich sehe, dass du online bist – talk to me!*

Aber ich antworte morgen. Ich bin noch nicht richtig da. ICH BIN NIRGENDWO. Nicht mehr auf dem Bauernhof und noch nicht in der Stadt. Und ganz bestimmt nicht in einer zivilisierten Welt. Zum Glück kann ich in mein Journal schreiben. Mit einem Tintenstrich bin ich noch mit der Welt verbunden.

## 23.

Das restliche Wochenende war okay. Papa war Samstagmorgen wieder aufgetaut und ich hab sicherheitshalber aber nichts über

# Warum ich in mein Journal schreibe & zeichne

1. Weil Schreiben und Zeichnen mich **beruhigt**.

2. Ich brauche (fast) NICHTS dafür, außer …

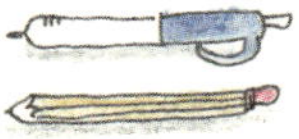

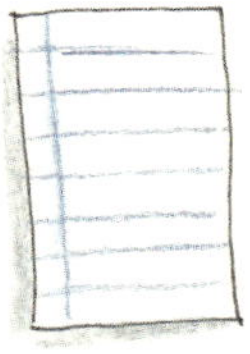

3. Weil ich mir schöne Erinnerungen so besser merken kann und GANZ OFT **Nachfreude** habe.

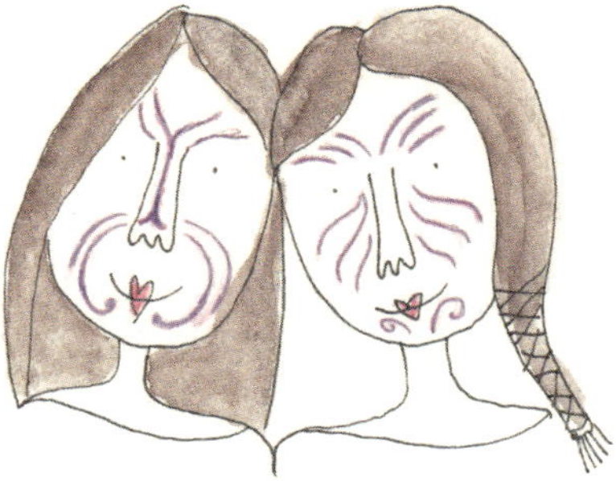

**Sommer mit Dorris**
(als wir zelten gingen und uns mit Brombeersaft tätowiert haben)

 ← Brombeere

4 MEIN Journal ist IMMER und ÜBERALL bei mir!

5. EIN JOURNAL ist genau das Gegenteil von **Social Media**:

Mein Leben braucht nicht **insta**-perfekt zu sein in meinem Journal.

MEIN JOURNAL ist **NUR** für MICH, ich brauche keine Likes und ♥.

Ich kann über Sorgen und Probleme schreiben, statt so tun zu müssen, als wäre alles TOPPY.

Dadurch würde ich mich NOCH **schlechter** fühlen.

Pferde erzählt. Ich bin mit Phine shoppen gegangen, weil Tessa Geld auf mein Konto überwiesen hatte. Ich habe eine erstklassige Jeans gefunden. Schade, dass ich das Geld nicht für Sachen für Isabell ausgeben darf. Allerdings hab ich ein cooles Lederarmband für Dorris gekauft. Ich hab's geschafft, es mit zum Bauernhof zu schmuggeln, indem ich es offen als Lesezeichen in ein Buch gelegt habe. Nur Bücher dürfen frei ein- und ausgeführt werden. Leider konnte ich die Tüte vom Geschäft nicht drumlassen, und das war schade, die machte richtig was her.

6 Alles, was ich nicht kaufen kann oder nicht mit zum Bauernhof nehmen darf, ZEICHNE ich in mein *Journal*.

Zum Beispiel dieses witzige Etui, das ich heute gesehen habe.

So **habe** ich's trotzdem.

# 24.

Heute ist der beste Tag meines Lebens. Leider mit einem tief-tragischen Rand. Hättest du mir DAS am Morgen erzählt, hätte ich dich laut ausgelacht. Ich hatte mich nämlich auf eine ziemliche Katastrophe eingestellt. Es ist wichtig, dass ich genau erzähle, was passiert ist. DENN DIESEN TAG WILL ICH NIE MEHR VERGESSEN.

Das Wetter war wunderbar, die Sonne schien und für Herbst war es richtig warm. Tim war unterwegs, um seinen Sohn Till abzuholen, der ihn zum ersten Mal bei uns auf dem Bauernhof besuchen würde. Endlich erlaubte es Tims Ex, weil sie sich nach langer Zeit über die Höhe der Unterhaltszahlungen einig geworden waren oder so etwas. Ich hatte mir vorgenommen, einfach das zu machen, was ich sonst auch machen würde, und dieses wütende Ekelpaket nicht weiter zu beachten. Ich weiß nicht, warum, aber so hatte ich ihn mir vorstellt: einen trägen, nervigen, wütenden und eifersüchtigen Jungen. Träge und nervig, weil er eben so ist, und wütend und eifersüchtig, weil sein Vater jetzt mit meiner Mutter zusammen ist. Bestimmt dachte er, es sei meine Schuld. Dabei hatte ich überhaupt nichts damit zu tun. Das ist manchmal der Nachteil von zu viel Fantasie.

Der Witz ist, dass es komplett anders lief. So anders, dass es alles, was ich jemals sicher zu wissen meinte, *auf den Kopf gestellt* hat.

Ich ritt mit Isabell im Außengelände und ließ Bess an der Leine neben mir mitlaufen. *Ponying* ist der Cowboy-Begriff dafür. Isabell findet es sehr aufregend, wenn ein anderes Pferd so nah neben ihr ist. Ich wollte, dass sie sich daran gewöhnt, damit sie im Wald

Man reitet also auf dem einen Pferd, während man ein anderes an der Hand mitführt.

nicht plötzlich durchdreht, wenn ein anderes Pferd gegen sie stößt oder so. Ich machte es genauso, wie ich es auch mit dem Sattel gemacht hatte oder als ich die Jacke an- und wieder ausgezog, um Isabell daran zu gewöhnen: Ich ließ Bess immer wieder nah herankommen und wieder von ihr weggehen. Ganz ruhig und in immer demselben Tempo. Nah rankommen und wieder weggehen lassen. Noch etwas näher ran und wieder zurück.

Wir galoppierten zusammen durch das Außengelände. Isabell reitet sich absolut wunderbar. Leichter als Bess. Und Bess galoppierte an der Hand mit. Isabell erschreckte sich nicht mehr, wenn Bess ihr nahe kam. Ich hatte die Zeit vergessen, ich hatte mich selbst vergessen, ich hatte vergessen, dass wir Besuch bekommen würden ...

Plötzlich stand Tim mit seinem Sohn am Rand unseres Außengeländes.

„Pippa ... ich möchte dir gern Till vorstellen“, rief Tim mir zu.

Ich musste gegen die Sonne schauen und sah nur den Umriss eines großen Jungen mit halblangen Haaren. Ich ging mit Isabell und Bess am Zügel zum Gatter und legte die Hand über die Augen, um besser sehen zu können.

Und jetzt kommt’s.

Es war WOLF! Der Junge, der ganz allein durch die Stadt skatet.

Wolf = Till

Till = Wolf

# Till

ist tatsächlich
14 ½

hat keine
Geschwister

Ich hab ihn doch
schon mal in der
NASE bohren sehen.
Nur ganz kurz.
Ein winziges, unauffälliges
PULEN bloß, eigentlich
**nicht** erwähnenswert.

IST IN
WIRKLICHKEIT
noch NETTER!
(als würde ich hier
WERBUNG machen)

will später
RECHTSANWALT
werden, um die Erde
zu verteidigen – oder
eine INDOOR-SKATEHALLE
aufmachen, in der **ALLE**
willkommen sind

hat eine sehr
**schöne** TIEFE Stimme
(Vielleicht finde ich das
wirklich das Allerschönste
an ihm ... seine Stimme ...
und sein dröhnendes
LACHEN!)

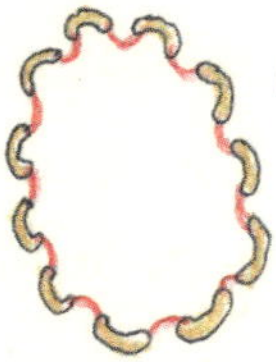

trug sofort die Kette, die
Poppy für ihn gemacht hat

(Aber das erzähle
ich später noch.)

Ich erschrak, aber Till erschrak noch mehr. Nicht vor mir, natürlich, sondern vor den Pferden, die da plötzlich vor seiner Nase standen.

„Du brauchst keine Angst zu haben, wirklich nicht! Sie tun ganz sicher nichts“, hörte ich mich selbst sagen.

„Aber sie sind schon ziemlich groß, wenn sie so nah vor einem stehen.“

Ja, das bist du auch, dachte ich. Aber so was sagt man natürlich nicht. Niemals. Lieber würde ich mir einen Finger abhacken.

„Komm, ich zeig es dir.“

„Dann müsste ich ja über das Gatter ... zwischen die Pferde ... Nee, echt nicht.“

Ich erzählte ihm, dass Pferde nur ausschlagen, wenn sie dich nicht kommen sehen und nicht nach vorne weglaufen können. Ich erklärte ihm, wie man ein Pferd freundlich begrüßt. Ich machte es vor. Er machte es nach. Und er lachte das schönste und wärmste Jungenlachen, als Isabell mit ihrem weichen Maul seine Hand berührte, um „Hallo“ zu sagen.

Und wirklich, genauso leicht, wie ich es jetzt beschreibe, so lief unser Gespräch!

Tim ist irgendwann reingegangen, aber ich weiß nicht, wann. Till und ich redeten miteinander, als würden wir uns schon seit Jahren kennen. Überhaupt nicht wie eine Rolle Tesafilm, bei der man den Anfang nicht finden kann, sondern geschmeidig wie geschmolzene Butter.

„Wow, ich wusste gar nicht, dass sie so vorsichtig sind“, meinte Till.

So ging es mir zuerst bei meinem EX – darüber habe ich in meinem vorigen Journal geschrieben!

„Wenn du vorsichtig bist, sind sie es auch.“

„Aber reiten … das ist schon so richtig schwierig, oder?“

„Eigentlich wie skaten, du musst einfach fließend mit den Bewegungen mitgehen.“

Als ich das sagte, hätte ich mir am liebsten vor den Kopf geschlagen. Wenn ich wusste, dass er ein Skater ist, konnte er sich ausrechnen, dass ich eine gruselige Stalkerin bin. Aber Till fand es nicht seltsam. Zum Glück.

Ich sattelte Bess und gab Till eine Reitkappe. Die war ein wenig zu klein und saß ihm ganz hoch auf dem Kopf. Und nun war es, als stünde ich an einer Kreuzung. Ich konnte in zwei Richtungen abbiegen: Links würde ich mich einem Lachkrampf hingeben. Das war der Weg, der quasi auf der Hand lag. Über den Boden rollen, sich fast in die Hosen machen, auf ihn zeigen und sich ausschütten vor Lachen, weil der wunderbare Wolf eine lächerliche, völlig uncoole und obendrein viel zu kleine Kappe trug. Aber Till schaute mich an, und es kümmerte ihn überhaupt nicht, wie seine Reitkappe saß und wie er aussehen würde. Also bog ich, ohne weiter darüber nachzudenken, rechts ab. Es ist völlig egal, wie man aussieht. Till war nett und interessiert. Und hatte ein wenig Angst, auf ein Pferd steigen zu müssen. Also echt nicht der geeignete Augenblick, jemanden laut auszulachen!

Ich half ihm, auf Bess zu steigen, und bat ihn dann, gleich wieder abzusteigen. Wieder rauf und wieder runter. Eigent-

lich genauso, wie man auch ein Pferd trainiert. Etwas machen und wieder lassen, etwas machen und wieder lassen, bis die Angst weg ist. Wenn man weiß, wie man von einem Pferd absteigt, braucht man auch nicht so viel Angst zu haben, darauf zu sitzen.

Ich hielt Bess fest, bis Till wieder auf ihr saß, und ging ein paar Runden mit ihm am Zügel durch das Gelände.

„Mach die Augen zu und spüre nur die Bewegung des Pferdes, du brauchst überhaupt nichts zu machen." Danach stieg ich auf Isabell und nahm Bess und Till an der Leine mit.

„Du brauchst auch nicht zu lenken, nur zu sitzen ..."

Till vertraute mir und ich vertraute Bess und Isabell. Das hier war der schönste Moment in meinem Leben.

Aber wie auch beim Schlittschuhlaufen oder Sprinten so oft wurde der Rekord noch am gleichen Tag gebrochen.

Es wurde noch besser.

Wir ritten zusammen in den Wald. Ich hielt Isabells Zügel in der einen Hand und mit der anderen hielt ich Bess an der Leine. Isabell war gut gelaunt und fiel vom Trab in den Galopp. Bess tat es ihr nach. Ich erschrak und hoffte, Till würde jetzt keine Angst bekommen, aber er grinste übers ganze Gesicht.

„Das ist ja IRRE!"

Wir mussten beide laut lachen und jagten gemeinsam durch den Wald.

Konnte es noch besser kommen?

Ja, es wurde *noch* besser!

Die Sonne schien, als wäre es mitten im Sommer. Ich hatte mir meine Jacke um die Hüften geknotet und ritt nur im Sweatshirt.

Später stapften wir zusammen durch den Teich im Wald und wurden patschnass. Es war nicht klar, wer am meisten Spaß hatte, wir oder die Pferde.

„In der Mitte ist das Wasser tief genug, da können wir mit den Pferden sogar schwimmen", schlug ich vor.

„Auf jeden Fall!", sagte Till mit einem Riesengrinsen.

Bess schwimmt gerne, aber ich hatte keine Ahnung, wie Isabell es finden würde. Wir nahmen den Pferden die Sättel ab und hängten sie über einen Ast. Wir zogen unsere Sachen aus und auch die Reitkappen. Ich kannte Till erst zwei Stunden, und jetzt stand ich da in Unterwäsche, als wäre es die normalste Sache der Welt! Es war so schön, dass ich noch nicht mal an Verliebtheit dachte. Ich hatte überhaupt keine Zeit, an solche Sachen zu denken, *weil ich mittendrin war.*

Ich erklärte Till, dass ich nicht wusste, ob Isabell gern schwimmt, und dass er und Bess deshalb dieses Mal vorgehen mussten. Isabell würde in Bess' Nähe bleiben wollen und ihr bestimmt folgen.

„Und jetzt ...?", fragte Till, als er in Unterhose auf Bess' Rücken saß.

„Schau zur Mitte des Teichs und schnalz mit der Zunge, dann weiß Bess, dass sie gehen darf."

Bess stieg ins Wasser. Ganz ruhig, Schritt für Schritt. Sie wusste genau, dass ein Anfänger auf ihrem Rücken saß. Isabell schritt tapfer hinter Bess her. Bis sie keinen Boden mehr unter den Hufen spürte. Sofort spannte sie den Körper an. Ich sagte leise zu ihr: „Alles ist gut ... du kannst es ..." Zu Till sagte ich: „Halt dich an Bess' Mähne fest und leg dich einfach auf ihren Rücken!"

Bess schwamm zum anderen Ufer. Und Till schwebte auf dem Rücken eines wunderbaren Pferdes durch den Teich.

Isabell war jedoch ängstlich. Sie wollte nicht zurückbleiben, aber dem dunklen Loch, in das sie sich begeben sollte, vertraute sie auch nicht.

Vertraute sie *mir*? Denn darum ging es: Reichten all die Wochen Training, die Geduld und die Verbindung, die wir aufgebaut hatten, oder brauchte Isabell viel mehr Zeit?

Man darf in solchen Momenten nicht zu schnell aufgeben, sonst macht man dem Pferd erst richtig Angst vor dem Wasser. Andererseits darf man sich aber auch nicht um jeden Preis durchsetzen, weil man dann wieder einem Raubtier ähnelt, das unbedingt seinen Willen bekommen muss. Ich gab Isabell also Zeit, schaute aber weiterhin geradeaus und ließ sie nicht in eine andere Richtung gehen. Schließlich fing sie an zu schwimmen.

„Ja ... siehst du, du kannst es!", sagte ich ermutigend.

Ich passte auf, dass ich ihr nicht im Weg war. Ich hielt mich an ihrer Mähne fest und schwebte über ihrem Rücken im Wasser. Ich war so stolz und froh und noch stolzer und noch froher! Hinter dem tiefsten Punkt des Teiches spürte Isabell wieder Grund unter ihren Hufen und da machte sie, völlig unerwartet, einen Riesensprung und galoppierte raus aus dem Teich. Ich verlor das Gleichgewicht und fiel herunter. Weil Isabell plötzlich an ihr vorbeischoss, machte auch Bess einen Satz, und Till plumpste neben mir ins Wasser. Am Ufer blieben die Pferde stehen und fingen an zu grasen. Till und ich mussten lachen.

„Bist du okay?", fragte ich Till.

„Mehr als okay …“, antwortete er gedehnt.

Alles, was Till macht, ist nicht irgendwie lasch oder langsam, sondern auf eine bestimmte Art bedächtig. So, wie er allein durch die Stadt skatet. Nicht schnell und lärmend, sondern kontrolliert, ruhig und in *Slow Motion*.

Genauso legte er auch die Hand auf meine nassen Haare. Sanft. Nicht zwingend. Und ich wusste, was jetzt kommen würde, ehe es passierte. Er schaute mich an. Nahm sich auch noch die Zeit, mich anzulachen. Würde er nicht *alles* so träge machen, könnte man es fast als Piesacken bezeichnen! Er bewegte sein Gesicht auf mein Gesicht zu und drückte seine Lippen auf meine. Ganz entspannt fing er an, mich zu küssen. Nicht wie eine Maus, schnell schnell schnell. Nicht schleckend wie ein Bär. Nicht wie eine Hyäne auf der Jagd. Und ganz bestimmt nicht wie eine tote Schnecke oder ein Ringkämpfer. Sondern wie ein stolzer, lässiger Löwe. Ruhig, zielbewusst und selbstsicher.

Auf dem Rückweg nahm ich Bess nicht mehr an die Leine und Till ritt selbst.

„Aber ich kann noch nicht lenken“, sagte er.

„Warum solltest du lenken wollen, wenn du den Weg sowieso nicht kennst?“, antwortete ich.

Bess weiß immer, wo sie hinmuss. Und Till sah aus, als würde er schon seit Jahren auf einem Pferd sitzen. Zumindest, wenn diese Kappe nicht gewesen wäre. Ich sah sie mir an und bog doch noch links ab: Ich schüttete mich aus vor Lachen. Es sah wirklich zu komisch aus. Till lachte laut mit und tat, als würde er an einem Dressurwettbewerb teilnehmen: „Dieses großartige Duo reitet

# Die verschiedenen TYPEN von Küssern

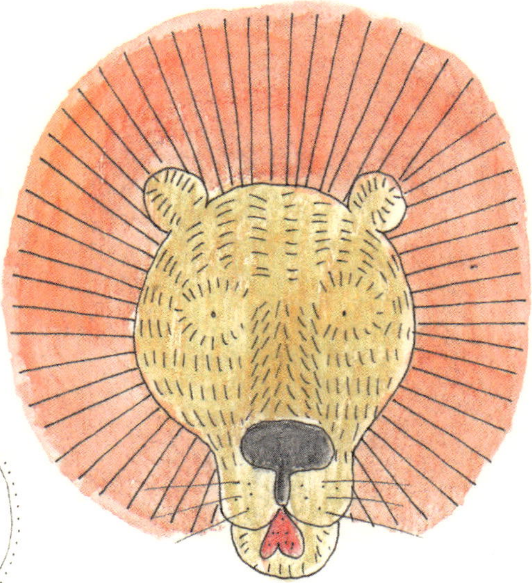

PIPPA
LOEWENHERZ
JOURNAL №1

Mehr Kusstypen findest du in meinem vorigen Journal!

## Der träge Löwe

Der Löwe küsst bedächtig und selbstsicher. Er nimmt sich Zeit, weicht aber auch nicht zurück. Sanft, warm und geschmeidig!

Jetzt verstehe ich erst, was diese Küsserei überhaupt soll!

# SCHLUSSFOLGERUNG:

# EINEN GUTEN KUSS

spürst du nicht nur im Mund,
sondern auch

eine fehlerfreie Kür, der Reiter hat das Pferd exzellent unter Kontrolle ..."

Genau in diesem Moment zupfte Bess sich im Vorbeigehen ein Blatt von einem Baum. Ich glaube, ich hatte noch nie so viel Spaß.

Zu Hause hatte Tim gekocht. Wir stürzten uns auf das Essen wie zwei hungrige Löwen.

Schon seltsam, dass unser erstes Date gleich zusammen mit unseren beiden Eltern stattfand. Da wurde mir erst so richtig klar, wie krass diese Situation war ...

Poppy rief: „Bist du jetzt mein großer Bruder?"

„Das stelle ich mir total toll vor, dein großer Bruder zu sein", sagte Till herzlich. „Aber wenn du wirklich meine kleine Schwester sein willst, müssen wir erst den Skate-Test machen."

„Muss ich dann skaten?"

„Das kann ich dir doch beibringen, Skater-Girl", beruhigte er sie.

Poppy tanzte im Kreis: „Ja, ja, ich werd ein Skater-Girl!"

„Nun überstürzt mal nichts, ja?", rief meine Mutter. Ich dachte kurz, sie würde Till und mich meinen, aber sie meinte sich und Tim. „Wir sind gerade erst zusammengekommen. Wir mögen uns supergern. Und ja, wir wollen gern, dass wir für immer zusammenbleiben *wollen*. Aber wir sind keine Teenager mehr, die sich gerade zum ersten Mal geküsst haben ..." Ich bekam einen Kopf wie eine Tomate, aber niemand achtete auf mich. „Wir sind erwachsen, wir wissen also, dass es auch schiefgehen kann ..."

Später brachte Tim Poppy ins Bett und Mama fütterte die Pferde. Till und ich erledigten gemeinsam den Abwasch. Ich spülte. Er trocknete ab. Bei jedem Teller berührten unsere Finger sich kurz.

Schließlich brach ich das Schweigen.

„Das ist seltsam", sagte ich.

*„Total seltsam"*, sagte Till.

„Wir sind Stief…" Aber dann konnte ich die Wörter Bruder und Schwester nicht aussprechen.

Zum Abschied küsste Till seinen Zeigefinger und drückte ihn mir auf den Mund. Tim bringt ihn gerade zurück in die Stadt. Ich habe heute mit Wolf gesprochen und ihn geküsst – und Wolf ist Till und Till ist mein Stiefbruder.

Das geht eigentlich nicht …

## 25.

Am Wochenende haben Till und ich uns geschrieben. Ich hatte seine Nummer aus Tims Telefon vorher auswendig gelernt und hier, bei meinem Vater, dann in meinem iPhone gespeichert. Ich hatte mir auch heimlich ein paar Fotos von Till geschickt, die konnte ich jetzt runterladen.

Das hier war meine erste Nachricht. Ich hab den ganzen Morgen dafür gebraucht, die folgenden 50 Buchstaben in diese Reihenfolge zu bringen:

> Am Wochenende bin ich online!
> Gruß, Pippa (deine Stief-noch-was)

Das Stief-noch-was bereute ich sofort.

Fast drei Stunden später, als ich mit Phine auf der Suche nach

Darf man sich in den eigenen **Stiefbruder** verlieben?

Nein, das geht nicht! 53%

Ja, darf man! 41%

Weiß nicht. 6%

Was ich JETZT darüber denke, ausgedrückt in Prozent.
Schlussfolgerung: Ich finde doch eher, dass es NICHT geht …

Als Till da war, fand ich eigentlich, dass es okay ist – das kann sich also ändern!

Au!

einer neuen Hülle für ihr Telefon über den Markt schlenderte, bekam ich Antwort. Ich wollte sofort nachschauen, wartete aber doch lieber, bis Phine konzentriert in einem Plastikbehälter mit Handyhüllen rumwühlte.

> Hey Stief-Pippa, ich seh dich Dienstag wieder.

Stief klingt fast wie lieb. Hey Lieb-Pippa, ich seh dich Dienstag wieder.

Aber das steht da nicht.

Da steht *Stief*.

Ich habe Phine natürlich erzählt, dass Wolf Till ist und dass wir uns geküsst haben. Aber ich erzähle ihr nicht, dass wir uns auch schreiben. Ich will nicht, dass sie sich einmischt. Dass sie sagt, was ich schreiben soll. Oder, noch schlimmer, mein Handy nimmt und ihm selbst mal schnell was zurückschreibt.

## 26.

Ich habe jetzt ein Leben VOR und NACH Tills Kuss. Wie vor und nach Christi Geburt. Die Woche verläuft auch anders als früher. Dienstag ist jetzt der Höhepunkt meiner Woche. Oder ist es der Montag? Dann ist meine Sehnsucht am größten, weil ich den Dienstag schon fast anfassen kann.

Dienstag = Küsstag.

Hoffe ich.

Den restlichen **Nachmittag** mit PHINE
Tee getrunken und geschwatzt.

# 27.

## DER ERSTE DIENSTAG NDK (NACH DEM KUSS)

Heute fuhr ich so schnell von der Schule heim, dass ich sogar sämtliche Schüler auf Mofas überholte. Zu Hause zog ich mir Jacke und Pulli aus, weil mir so warm war. Meine Beziehung zu Brot ist sowieso immer ein wenig schwierig, aber heute schaffte ich es wirklich nicht, eine Scheibe zu essen. Mein Herz hämmerte und mein Hals war trocken. Tim holte Till gerade ab und sie konnten jeden Moment reinkommen. Aber es konnte auch gut und gerne noch eine Stunde dauern, wenn sie in einen Stau kamen oder nicht sofort aus der Stadt losgefahren waren.

Ich zog mein T-Shirt lässig ein wenig über meine Schulter. Und wieder zurück – zu auffällig. Ich ging in mein Zimmer und machte bei lauter Musik Hausaufgaben. Ich versuchte, mir vorzustellen, wie er das fände. Danach beschloss ich, mich aufs Sofa zu legen und so zu tun, als würde ich schlafen. Das hielt ich ungefähr drei Minuten durch. Dann stand ich wieder auf, um zu schauen, ob ein Auto kam.

Ich dachte auch daran, dass Dorris es schade fand, dass wir heute Nachmittag nichts zusammen unternahmen. Und alles nur wegen Tills Stundenplan. Weil er dienstags nur ein paar Stunden hat und deshalb seinen Vater besuchen kann. Der Lehrer, der die Stundenpläne macht, hat bestimmt nicht die leiseste Ahnung von dem Effekt seiner Arbeit auf das Leben von zwei Mädchen im tiefsten Misthausen.

Am Ende beschloss ich, dass es doch besser wäre, wenn ich nicht wie eine verzweifelt Wartende aussehen würde, und ging

Das Seil ist wie der Pferdeschweif: manchmal zum Verjagen und manchmal zum Streicheln.

zu den Pferden. Dort war ich letzte Woche auch gewesen und das war sehr gut gelaufen. Bei den Pferden bin ich weniger nervös.

Ich striegelte Bess. Ich übte mit Isabell, über ein knisterndes Seil zu gehen. Dann hörte ich das Auto auf den Hof fahren. Hippie bellt natürlich längst nicht mehr wegen Tim. Ich spitzte die Ohren, um herauszufinden, was Tim und Till zueinander sagten, aber ich hörte nur ihre tiefen, freundlichen Stimmen. Sie gingen ins Haus.

Ab diesem Moment konnte ich mich überhaupt nicht mehr auf Isabell konzentrieren und zwang sie ungeduldig, über das Seil zu gehen. Los, mach schon, bedeutete ich ihr mit dem Stick. Dadurch ging sie zwar ein paar Schritte vorwärts, sprang dann aber mit einem Satz über das gesamte Seil. Pferde müssen sich an knisternde und sich bewegende Sachen unter ihren Hufen erst gewöhnen. Das finden sie unheimlich. Aber jetzt hatte ich Isabell mit einem Mal über das Seil gejagt. Ich wurde wütend auf mich selbst, denn genau so sollte es nicht sein. Am liebsten hätte ich mich mit dem Stick geschlagen. Und ich wurde noch wütender bei dem Gedanken, dass Till vielleicht gar nicht rauskommen würde. Dass er mich überhaupt nicht suchen würde.

Ich vertrug mich wieder mit Isabell, indem ich sie noch mal aufforderte, das Seil zu untersuchen. Als sie laut schnaubend daran roch, ließ ich sie einen Schritt zurückgehen. Ich belohnte sie also für ihre Neugier. So muss man es ganz langsam aufbauen.

Und dann plötzlich stand er da. Das ganze Wochenende über

# DIE **FORMEL** FÜR

# *Sehnsucht*

$$\frac{(V + E)}{5} = \text{Sehnsucht}$$

V = Vorstellungsvermögen: Gib deinem Vorstellungsvermögen eine Note zwischen 1 und 100.

1 ← keins
100 ← viel

E = Erreichbarkeit: Gib der Erreichbarkeit des anderen eine Note zwischen 1 und 100.

1 ← **nicht** erreichbar
100 ← **sehr gut** erreichbar

5 = Verzögerungsfaktor 5

V → Je besser du dir deinen **Wunsch** vorstellen kannst, desto **GRÖSSER** ist deine Sehnsucht danach.

**Beispiel** ↗ Ich kann das Eis schon schmecken, obwohl ich nur daran DENKE. ⇒ V = 100

E → Je höher du die **Chance** einschätzt, dass es wirklich klappt, desto **STÄRKER** wird deine Sehnsucht danach.

**Beispiel** ↗ Ja, das Päckchen ist GANZ SICHER unterwegs und kann JEDEN Moment ankommen. ⇒ E = 100

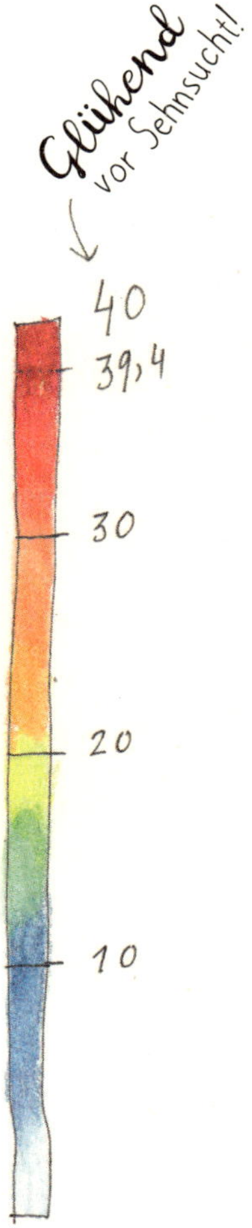


**5** → Verzögerungsfaktor – wenn man nämlich alles **sofort** bekommt, braucht man sich **nicht** danach zu sehnen!

Ich SEHE Till schon vor mir!

Ich weiß SICHER, dass er Dienstag kommt!

**SEHNSUCHTS-ERGEBNIS** bei mir: $\frac{(99 + 98)}{5} = 39{,}4$

hatte ich mir seine Fotos angeschaut, aber nichts ist so beeindruckend wie die Wirklichkeit!

„Hey, Cowgirl", sagte er munter.

„Hallo", krächzte ich, oder etwas, das dem ähnelte. Und ich versteckte mich hinter Isabell.

Wieder hätte ich mich am liebsten geschlagen.

Warum benahm ich mich so eselig? WIE VIEL GLÜCK KANN MAN HABEN, DASS EINEM DER TOLLSTE JUNGE AUS DER GROSSEN STADT AUF EINEM TABLETT GEBRACHT WIRD? IN DEN ALLERHINTERSTEN WINKEL DES PLATTEN LANDES?

Ich brachte keinen normalen Satz heraus. Noch immer verschwand ich in Isabells Mähne und fragte nur: „Reiten?"

„Ja, super, das hatte ich schon gehofft", sagte Till, großzügig lachend. Er war überhaupt nicht nervös oder irgendwie anders als beim letzten Mal. Er war einfach sein normales, cooles Selbst. „Oder möchtest du nicht wieder mit einem Anfänger losziehen?"

Es gelang mir nicht, eine vernünftige Antwort zu geben. Ich holte einfach die Sättel und legte sie auf Bess und Isabell. Ich gab Till eine Reitkappe, die ihm besser passte.

„Immer charmant", sagte er, als er sie aufsetzte.

Ich hielt Bess fest, damit er aufsteigen konnte, und stieg selbst auf Isabell. Bess hielt ich an der Leine fest.

„Soll ich sie wieder führen ...?"

„Du bestimmst, du weißt am besten, was du tust", sagte er. „Du kannst so gut mit Pferden umgehen."

„So wie du mit dem Skateboard ..."

Auf Isabell sitzend, kehrte endlich mein Selbstvertrauen zurück.

Ich lachte Till an und allmählich nahm ich die Dinge um mich herum wieder wahr. Der Himmel war strahlend blau und mit weißen Wattewolken übersät. Im Wald war es angenehm frisch. Isabell schnaubte und Bess schnaubte eine Antwort.

Wir ritten nebeneinander über den Sandpfad. Die meisten Bäume wurden schon kahl. Ich ließ Bess los, rollte die Leine zusammen und hängte sie an meinen Sattelknauf.

Wir schwatzten über unsere Woche. Tills Mutter ist Chefin der Marketingabteilung einer Bank und arbeitet ständig. Er ist oft allein zu Hause, aber das findet er nicht schlimm.

„Ich bin lieber allein, als dass meine Mutter gestresst um mich rumschwirrt. Ich mache ihr immer zu viel Lärm, wenn ich Hausaufgaben mache. ‚Würdest du bitte mit diesem Ticken aufhören.' ‚Hampel doch nicht so auf dem Stuhl rum.' ‚Schlürf nicht so.' Deine Mutter ist ganz anders", sagte Till.

„Ja, sie ist in Ordnung", erwiderte ich schnell.

Ich wollte nicht über Mütter reden. Ich wollte über *uns* reden. Ob es ein UNS gibt. Ob er an mich gedacht hat. Aber davon fing ich nicht selbst an. Ich bin ja nicht verrückt!

Wir trabten und wir galoppierten. Der Wind sauste an meinem Gesicht vorbei. Auf dem Rückweg im Schritt sprachen wir über alles Mögliche. Aber nicht über *uns*.

Zu Hause kochte Tim gerade, und Till fragte, ob er helfen könne. Ich machte am Küchentisch noch ein wenig Hausaufgaben. Mama warf Holz in den Ofen, nicht, weil es so kalt war, sondern weil ein Feuer gemütlich ist. Und Poppy bastelte aus Makkaroni eine Kette für Till.

ziemlich **einseitige** Gedanken

oft **ROT** werden

Hammerherz

Schweißhände

Knoten im Bauch

nach

# VER

Was genau ist das?

Jeder **Song** scheint von dir/euch zu handeln.

*Er gehört mir mir mir!*

Verliebtsein ist

HEFTIGE FREUNDSCHAFT

**Verliebtheit** ist die heftige, eifersüchtige, verträumte, kichernde und argwöhnische Schwester der **Freundschaft**.

Bei VERBOTENER **Liebe** ist es grässlich

wütend

unsicher

einsam

dunkle Wolken

SCHLUSSFOLGERUNG: Verliebtsein ist **SCHÖN** & SCHRECKLICH GLEICHZEITIG

*Pippa* ← also mir

**LIEBT**

Du fühlst sehr stark, dass du LEBST

Und was ist es weniger genau?

*fröhlich*

... sind ***Mädchen*** in ihr Pony

... Mütter in ihr ***Baby***

... Kinder in die Kindergärtnerin

... Jungs in ihren Roller ← hier auf dem platten Land

Papa jedenfalls → ... Männer in ihr neues Auto

... ***Sammler*** in ihr neues Stück

... aber die sind SELTSAM!

JA: Tim und meine Mutter ...

ABER das ist doch wirklich nicht dasselbe wie verliebt sein in einen ***wahnsinnig*** BESONDEREN, **toll aussehenden**, klugen und witzigen ***Jungen***!

Können sich alte ***Menschen*** auch noch verlieben?

Alter 0 5 10 14 34 usw. 100

Zeitraum, in dem Leute sich verlieben (meiner Meinung nach)

Zum Abschied gab Till mir ein *High Five* und jetzt wiederhole ich schon seit Stunden, was er alles zu mir gesagt hat. Er findet zum Beispiel, ich kann gut mit Pferden umgehen. So einen Satz kann man auf sehr viele Arten auffassen:

* Du kannst so gut mit Pferden umgehen.
  - ⤚ ALS WÄRST DU SELBST EIN PFERD.
  - ⤚ Du siehst also nicht besonders gut aus.
* Du kannst so gut mit Pferden umgehen.
  - ⤚ Du kannst wohl *nicht* gut mit MENSCHEN umgehen.
  - ⤚ Heirate also lieber ein Pferd.
* Du kannst so gut mit Pferden umgehen.
  - ⤚ Du bist wild. ⤚ Du bist zu WILD.
  - ⤚ Als wärst du ein *Kerl*.
* Du kannst so gut mit Pferden umgehen.
  - ⤚ Du bist wild. ⤚ DAS MAG ICH.
  - ⤚ Werd meine Freundin!
* Du kannst so gut mit Pferden umgehen.
  - ⤚ Du hast viel GEFÜHL.
  - ⤚ Bestimmt bist du auch eine gefühlvolle Freundin.
* Du kannst so gut mit Pferden umgehen.
  - ⤚ Du bist ein LANDEI.
  - ⤚ Du bist nett und witzig, aber du wirst *niemals* meine Stadt-Freundin.
* Du kannst so gut mit Pferden umgehen ⤚ und das ist auch DAS EINZIG NETTE, WAS MIR ZU DIR EINFÄLLT.
  - ⤚ Ich finde dich also *nicht* besonders hübsch, lieb, witzig oder begehrenswert.

# Bin ich verliebt?-Checkliste

☑ Du kannst seinen Namen nicht aussprechen, ohne übers ganze Gesicht zu lachen.

☑ Wenn du seinen Namen hörst, MUSST du wissen, was über ihn gesagt wird.

☑ Alles erinnert dich an ihn.

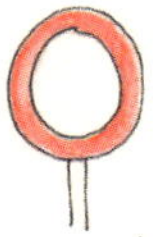
Verkehrsschilder → Stopp! Verboten! → Till

Butterbrot → trocken → Humor → Till

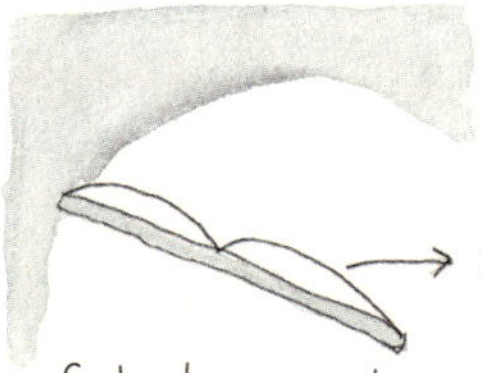
Scheibenwischer → (lange) Wimpern → Till

☑ Du checkst dein Handy öfter als 2x p. M. (zwei Mal pro Minute).

☑ Essen könntest du vielleicht nächstes Jahr mal wieder was.

☑ Mühelos lernst du seine Nummer auswendig.

☑ Alles an ihm ist fantastisch, seine Schuhgröße, die Schlaufe, an der er seine Jacke aufhängt, wie er beim Musikhören den Kopf bewegt, wie er eine Tüte Chips aufreißt …

Und dann der fast unwahrscheinliche Gedanke, dass der Satz *Du Kannst so gut mit Pferden umgehen* nicht mehr und nicht weniger bedeutet als: Du kannst so gut mit Pferden umgehen. Das wäre auch noch eine Möglichkeit. Aber was bringt das?

## 28.

Heute Morgen spukte mir alles von gestern immer noch durch den Kopf. Ich hatte keine Lust, Dorris vor der Schule abzuholen, denn ich brauchte Zeit zum Nachdenken.

Es war ein perfekter Nachmittag gewesen. Es war gemütlich. Till war wegen seines Vaters auf den Bauernhof gekommen, aber trotzdem wollte er *mit mir* ausreiten. Warum also bin ich so unzufrieden? Weil ich leider mehr will. Ich bin gierig und gefräßig. Ich will nicht nur gemütlich, *ich will wild und gefährlich*. Ich will *Liebe*. Ich will seine Freundin sein. Ich will küssen.

In der Schule schnauzte ich Dorris an, als sie fragte, wie es mit Till war: „Normal eben."

„So normal ist das aber nicht, verliebt zu sein in den eigenen Stiefbruder", sagte Dorris lachend.

„Ich bin nicht verliebt. Und wenn du Sensationen willst, musst du wohl selbst mal was erleben."

Das war sehr gemein von mir.

Heute Nachmittag habe ich mich wieder mit Dorris versöhnt. Ich habe ihr erklärt, dass mich die ganze Situation mit Till verwirrt. Wir haben einen Waldritt zusammen gemacht, sie auf Diesel und ich auf Isabell. Es ist so fein, Dorris neben mir zu haben.

Das
bin ich
HEUTE.
Ziemlich
stachlig!
(Sorry, Dorris!)

# 29.

## DER FÜNFTE DIENSTAG NDK

Heute war Till wieder da. Es ist, als würde ich mein Leben bis Dienstag aufschieben. Wir sind jetzt jeden Dienstag zusammen ausgeritten und wir reden über alles Mögliche. Ich freue mich wie eine Idiotin, wenn er kommt. Aber wie schön es auch ist, am Ende bin ich immer enttäuscht. Und am Mittwoch reagiere ich es dann an Dorris ab, zu der ich total kurz angebunden bin, und montags muss sie sich die ganze Zeit anhören, was ich von Till erzähle, weil sie die Einzige ist, mit der ich über ihn reden kann. Ich will, ich will, ich will ... Till.

Meiner Mutter *kann* ich nicht erzählen, dass ich Till *noch ganz anders nett* finde. Mit meinem Vater *will* ich nicht über Till reden, weil Till der Sohn des Freundes meiner Mutter ist und alles, was mit meiner Mutter zu tun hat, verboten ist. Mit Phine kann ich auch nicht über Till schwatzen, weil sie ihn dann kennenlernen will, und schon sind sie im Nu die dicksten Freunde während der Woche.

*Till ist ein Geheimnis.*

Nach dem Essen fragte er mich heute, wie die Badewanne draußen funktioniert.

„Das Wasser kriegen wir schon warm, aber die Luft ist jetzt ziemlich kalt“, warnte ich ihn.

„Zu kalt für dich?“

Ich glaube, er wollte mich ein wenig provozieren.

„Ich bin nicht so empfindlich“, sagte ich.

Ich ging hinaus, legte ein paar Holzscheite unter die Wanne und

Praktisch zu wissen, wenn das Licht im Kindergarten mal ausfällt.

fegte die heruntergefallenen Blätter heraus. Ich ließ Wasser ein und machte das Feuer an. Zunächst entstand nur Rauch, aber schon bald griffen lange gelbe Finger nach dem Holz.

„Hast du Musik?", fragte ich Till und er holte sein iPhone heraus.

Ich machte einen Schlitz in eine leere Klopapierrolle, in der das iPhone stehen konnte – die einfachste Box der Welt. Aus Poppys Malkiste nahm ich ein paar unbenutzte Wachsmalstifte: Dunkelgrün, Braun und eine Art Beige. Eindeutig nicht ihre Lieblingsfarben. Die zündete ich an und stellte sie um die Wanne herum auf den Boden. Wachsmalstifte brennen fast dreißig Minuten lang.

Wir zogen drinnen unsere Sachen aus und gingen nur in Winterjacke zur Wanne. Das Wasser war warm und mein Gesicht war kühl. Ich legte den Kopf auf den Wannenrand, die Füße neben Tills Kopf. Er lag genau umgekehrt. Wir sahen aus wie ein Topf mit kochender Kannibalensuppe.

Die Spatzen, die Krähen und die Dohlen waren schon schlafen gegangen. Nur die Amseln flogen noch herum und riefen sich *tsching tsching tsching* zu. Ich war mir nicht sicher, ob sie „Hier bin ich, komm auch!" riefen oder eher „Zieh ab, hier bin *ich* schon!"

Wir lagen in einem Lichterkreis, um uns herum wurde es langsam dunkel. Tills nackte Beine berührten meine nackten Beine. Es fühlte sich vertraut an. Weil ich ihn jetzt schon so gut kenne. In diesem Moment war mir alles egal. In diesem einen Moment wollte ich nicht immer nur *mehr* haben. Wir hörten Musik, um uns herum standen Kerzen, und wir schauten in den mondlosen Himmel zu den ersten Sternen hinauf, die durch das Schwarz der Dämmerung blitzten.

simple Musikanlage

# Life HACKS

Praktische Tricks, die das Leben einfacher machen

## NOTFALL-KERZEN

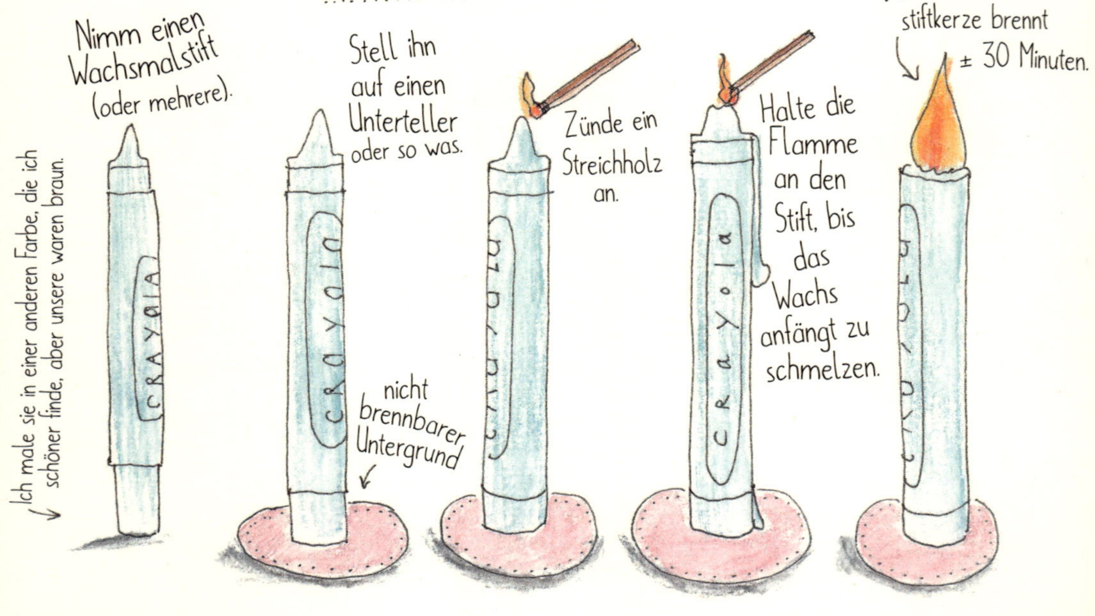

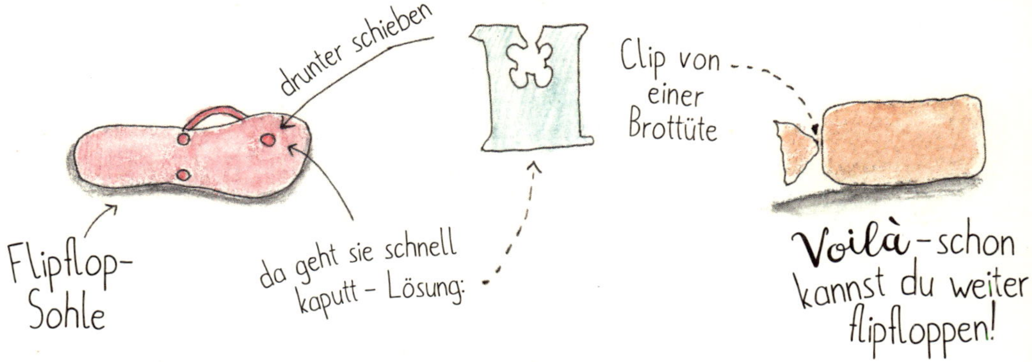
drunter schieben
Clip von einer Brottüte
Flipflop-Sohle
da geht sie schnell kaputt – Lösung:
Voilà – schon kannst du weiter flipfloppen!

DRAUSSEN-Wanne
Gartenschlauch
Holzfliesen – sonst verbrennt man sich den Hintern
Feuer

anzünden
Sonnenblumen-
oder Olivenöl
Docht (aus dem weißen Zeug in der Apfelsine) gründlich übergießen
KERZE aus halber Apfelsinenschale
Wasser-flasche draufstellen
= LATERNE
Smartphone
Taschen-lampenfunktion einschalten

„Das ist fantastisch", sagte Till. „Das ist das beste Bad ever."

Ich summte, um zu bestätigen, dass ich völlig seiner Meinung war. Vielleicht lagen wir dort schon seit Stunden, vielleicht auch erst seit fünf Minuten. Ich weiß es nicht. Bis meine Mutter auftauchte und mit viel zu schriller Stimme rief: „Ach je, wie verklemmt, liegt ihr da in Unterwäsche in der Wanne! Ich dachte, ihr seid jetzt praktisch Geschwister ... das ist doch nicht nötig."

Till fuhr mit einem Ruck auf.

Magie futsch.

Danke schön, Mama!

Warum müssen bloß alle so frei sein wie sie? Frei sein *müssen* ist ja wohl genauso ein Zwang wie jede spießige Regel.

Till bekam eine trockene Unterhose von seinem Vater und zum Abschied drückte er einen Kuss auf seinen Zeigefinger und legte ihn mir auf den Mund. Vielleicht bildete ich es mir ja nur ein, aber er sah traurig aus. Oder will ich das einfach so sehen?

Ich bin jedenfalls völlig durcheinander. Will ich nun oder will ich nicht, dass er mein Stiefbruder ist? Ich glaube, es ist ungefähr so: Ich will, dass Till so oft wie möglich bei mir ist. Also steht an Nummer 1 für mich, dass er *mein Freund* ist. Aber mir ist lieber, er ist *mein Stiefbruder* als einfach *nur ein Freund*. Denn das ist weniger besonders.

1. mein Freund
2. mein Stiefbruder
3. ein Freund

Die Verteilung meiner **Aufmerksamkeit**, wie sie IST

Die Verteilung meiner Aufmerksamkeit, wie sie SEIN MÜSSTE

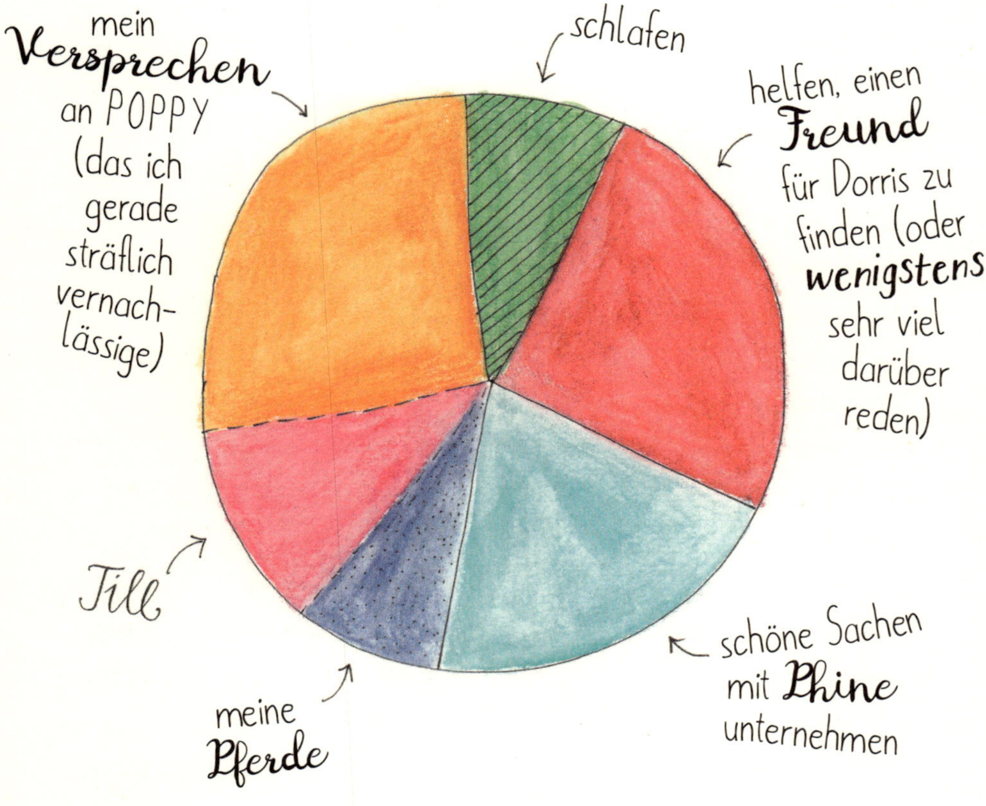

# 30.

## DER SECHSTE DIENSTAG NDK

Liebe ist beschissen.

Verbotene Liebe ist noch beschissener. Die müsste *wirklich* verboten werden.

Heute fing alles an wie sonst auch. Harmonisch. Die Pferde haben einen dichten Pelz bekommen, sie sehen aus wie zottelige Bären. Bei dem kühlen Wetter haben Isabell und Bess richtig Lust zu rennen, anders als im Sommer. Till hat sich an das Reiten auf Bess schon so gewöhnt, dass er auf ihr sitzt, als wäre er an ihr festgeklebt. Wir galoppierten ein Stück und gingen danach lange im Schritt, um die Pferde abzukühlen. Und dann erzählte mir Till, er fände ein Mädchen nett.

Einen kleinen Moment lang kriegte ich vor lauter Glück nicht genügend Sauerstoff. Jetzt würde es kommen.

„Sie geht nicht in meine Klasse …"

Nein, dachte ich, ja, das stimmt.

„Ich sehe sie immer in der Pausenhalle …"

**Oh Fuck.**

Das tat weh.

Er meinte ein *anderes* Mädchen!

„Sie hat immer ein paar Freundinnen um sich, sie ist nie allein."

Was interessiert mich das. Was soll ich mit diesen Informationen?, dachte ich.

„Ich hoffe eigentlich, dass du mir einen guten Rat geben kannst", sagte er.

Es war, als würde ich an einer Felswand hängen, unter mir die

# Wie ICH mich fühle

gähnende Schlucht, und er würde die Hand nach mir ausstrecken. Ich konnte seine Hand verweigern, aber dann würde ich gnadenlos in die Tiefe stürzen … Also nahm ich sie an. Wenn ich nicht seine Freundin sein kann, dann wenigstens seine Vertraute, der er alles erzählt. Vielleicht ist das sogar noch mehr wert, als seine Freundin zu sein.

# diese Woche

hoffnungsvoll
verwirrt
verliebt
geliebt
ausgelassen
zufrieden
verzweifelt
begeistert
glücklich
hoffnungslos
STOLZ
cool

„Hm, ja, Freundinnen sind schwierig. Was kannst du da machen … Vielleicht könntest du dich erst mal mit einer von ihnen unterhalten … dann bist du nicht so nervös … und dadurch wird sie von allein neugierig auf dich."

Wenn ich nicht auf einem Pferd gesessen hätte, wäre ich garantiert umgefallen.

Ich weiß nicht, woher ich die Kraft nahm, ihm seelenruhig *meinen* geheimen Liebestipp zu geben, wie er sich an ein anderes Mädchen heranmachen kann. Vielleicht war es ein Überlebensinstinkt. Wie ein verletztes Pferd, das sich seine Schmerzen nicht anmerken lässt und mit der Herde rennt, weil es sonst gefressen wird.

Till lachte und fand, es sei eine gute Idee. Es kam ihm sofort viel leichter vor, eine Freundin von ihr anzusprechen; die interessierte ihn doch nicht, also war es ziemlich egal.

„Und bei dir, wie ist es bei dir? Bestimmt laufen dir alle Bauernsöhne hier in der Umgebung nach …"

So sieht er mich also offenbar: die Königin der Bauernlümmel. So was von nicht sexy. Aber ich durfte nicht beleidigt reagieren, denn als best fucking friend muss man das ertragen. Ich kenne meine neue Rolle.

„Im Umkreis von hundert Kilometern meinst du? Tja, diese drei doch wenigstens."

Wir lachten beide.

Er erleichtert.

Und ich, als würde mir jemand eine Pistole an den Kopf setzen.

Als wir uns danach über normale Sachen und Unsinn-Dinge unterhielten, ging es schon wieder.

Nur jetzt, da er gesagt hatte, er sei in eine andere verliebt, war er irgendwie noch toller.

Vor dem Essen veranstalteten wir einen Ringkampf mit Poppy, und er kitzelte mich, bis ich um Gnade flehte. Poppy sprang ihm auf den Rücken, um mir zu helfen. Wir sind die perfekten Geschwister.

Wenn er bloß nicht so verdammt gut küssen würde!

## 31.

Heute war wieder mieser Mittwoch.

Dorris weiß inzwischen, dass ich – wenn ich sie morgens nicht abhole – in den ersten Stunden nicht ansprechbar bin. Aber heute war es schlimmer als sonst und ich musste in der großen Pause schon weinen.

Wir versteckten uns im Physikraum – wo niemand freiwillig in seiner Freizeit hingeht –, und ich erzählte ihr schluchzend, ich sei seine beste Freundin geworden.

# MEINE LAUNE

## n.d.K.

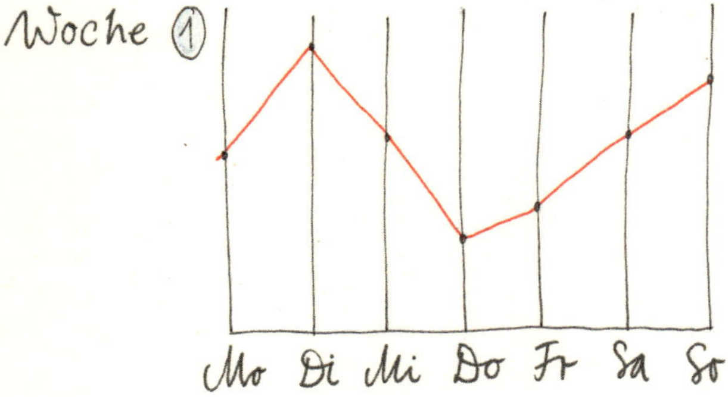


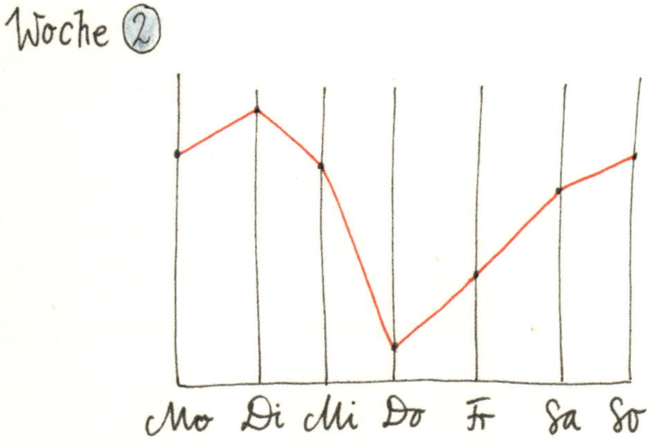

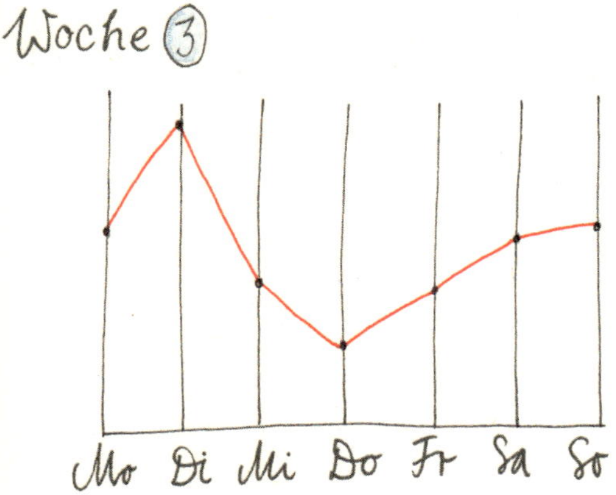


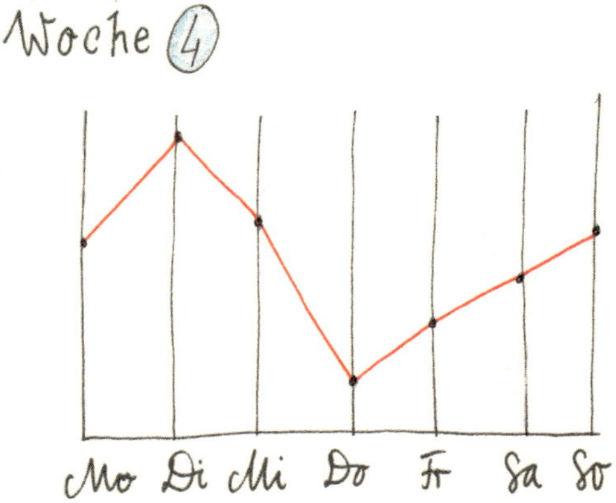


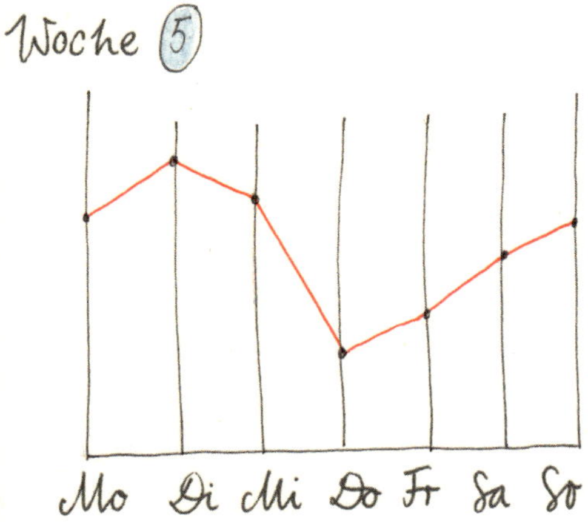


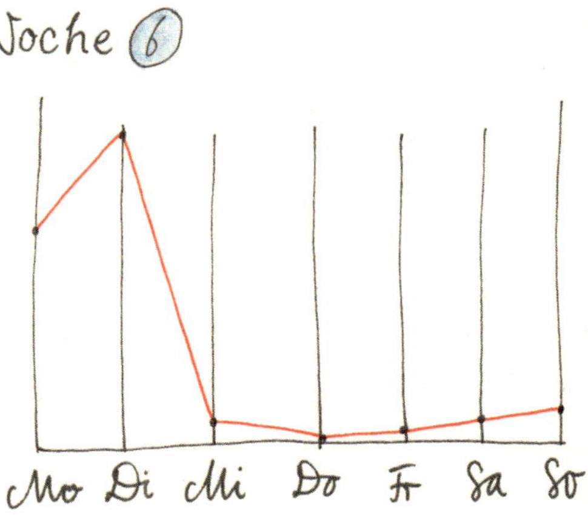


Dorris verstand nicht so ganz, was daran nun so schrecklich war, aber sie wischte mir ganz lieb die Tränen vom Gesicht. Ich glaube, man muss es erlebt haben, um zu wissen, wie sehr einen das verletzt.

# 32.

## DIE NEUNTE WOCHE NDK

Die Welt sieht wieder sonnig aus. Sogar im November.

*Er bemerkt mich wieder!*

Nur wie ich darauf reagieren soll, weiß ich nicht …

Inzwischen ist es schon völlig normal, dass Till dienstags seinen Vater besucht und wir dann zusammen in den Wald reiten. So auch an diesem. Ich hatte Isabell geputzt und war gerade mit Bess beschäftigt, als Till kam. Wie selbstverständlich legte ich die Pads auf die Pferderücken und Till hob die Sättel hinauf wie ein erfahrener Cowboy. Wir zogen jeder unseren Sattelgurt fest und saßen auf. Die Pferde liefen sich warm und wir wurden ganz ruhig. Abwechselnd konnte man einen von uns oder die Pferde tief Luft holen hören. Aus den warmen Nasen von Bess und Isabell stiegen kleine Dampfwolken auf. Es ist schon Gewohnheit geworden, dass wir erst traben und danach eine Strecke schön schnell galoppieren. Wir fangen erst an zu reden, wenn wir die Pferde im Schritttempo ausruhen lassen. Als wären wir der Welt so davongeritten und in einer anderen Welt gelandet. In unserer.

„Wie geht's?", fragte Till.

Ich erzählte von einer Klassenarbeit, meinem Wochenende in der Stadt und noch ein paar anderen Sachen. Aber viel zu berichten hatte ich nicht, denn seit ich Till kenne, beschäftige ich mich eigentlich nur mit ihm.

Doch das wollte ich natürlich nicht sagen.

Er erzählte von dem Mädchen, in das er verliebt war. Meine Tipps hatten perfekt funktioniert. So gut, dass sie jetzt nie mehr bei ihren Freundinnen war und den ganzen Tag hinter ihm herrannte.

„Sie muss über alles kichern. Ich hab Angst, dass ich ihr was antue, wenn sie noch ein einziges Mal kichert. Warum kichern Mädchen?", fragte Till.

Er fragte es, als sei ich kein Mädchen. Bin ich jetzt auch noch sein bester *männlicher* Freund geworden?

Dann aber erzählte er weiter.

„Sie ähnelt dir nämlich. Jedenfalls was ihr Äußeres betrifft. Also hatte ich mir auch dein Inneres hinzugedacht ... cool und witzig und klug und empfindsam und mutig und lieb ... Aber das ist sie überhaupt nicht. Im Gegenteil. Hast du jetzt vielleicht wieder einen Rat für mich – wie ich sie freundlich, aber effektiv wieder loswerde?"

Till lachte. Sein schönes, großes, langsames Till-Lachen. Und ich übernahm sein Lachen, das stundenlang auf meinem Gesicht blieb. Ein Lachen, das so ansteckend wirkte, dass alle, die mich ansahen, auch lachen mussten. Und ich glaube, deren Lachen hat danach wieder lauter andere Leute angesteckt.

So ein Lachen.

## 33.

## TIM IST MEIN HELD DES TAGES.

Meine Mutter mistete den Pferdeauslauf aus. Poppy spielte mit ihrem besten Freund Jannes und Tim und ich saßen am Küchentisch. Ich dachte daran, dass die Weihnachtsferien vor der Tür

EIN **Lachen**, das SO ansteckend ist, dass es vielleicht wie das **OLYMPISCHE FEUER** **ewig** weitergegeben wird …

… das von ganz weit her kommt

… von Elvis über den Metzger zu seiner **Mutter** über den KLEMPNER weiter zur Kindergärtnerin

… über Till zu **mir**

… und über mich in den nächsten Tagen dann zu ALLEN in **meiner** Nähe!

Eines Tages erreicht es vielleicht mein eigenes UR-ENKELKIND

… und wer weiß, wen es dann wieder alles ansteckt!

standen und ich noch keinen Millimeter weitergekommen war mit dem Versprechen, meine Eltern für einen Tag ohne Streit zusammenzubringen.

Tim fragte, warum ich so still sei. Da beschloss ich, ihn in den Plan einzuweihen, bei dem ich vielleicht seine Hilfe brauchte. Dass ich am Wochenende vor Weihnachten Papa, Tessa, Poppy und Hugo in den Zoo kriegen wollte und ob Tim dann zufällig auch mit Mama dorthin gehen könnte.

Er sagte, er wolle das ganz bestimmt versuchen, aber auf diese Weise würde es nie schön werden.

Ich erzählte ihm von meinem Versprechen an Poppy und dass ich es halten wollte.

„Dann musst du dir eine sehr gute Geschichte einfallen lassen, Pippa. Am besten, du bereitest eine überzeugende Präsentation vor."

Ich konnte mir zwar nicht vorstellen, wie eine Präsentation mir dabei helfen sollte, meine Eltern zusammenzubringen. Aber Tim arbeitet als Creative Director in einer Werbeagentur und die können einem Gummistiefelträger Schnürsenkel verkaufen, einem Appartement-Bewohner eine Laubharke und sogar Leuten ohne Führerschein teure Autohandschuhe aus Leder.

Mein Problem schien mir auch so eine *Mission impossible* zu sein. Und ich sah, dass Tim Mission impossibles total interessant findet. Er schob seine Zeitung zur Seite, räumte den Tisch frei und legte einen großen Bogen Papier darauf.

„Es geht darum, es mit Takt vorzubringen, Pippa. Kennst du diesen Satz von Churchill ...?"

TACT is THE ability

TO TELL SOMEONE TO GO TO

HELL

IN SUCH A WAY THAT THEY LOOK

forward

to the trip

~ winston churchill ~

Churchill – musste ich schnell nachgucken – ist kein Rocker und hat auch überhaupt nichts mit der Kirche zu tun, sondern war ein alter, Zigarren rauchender englischer Minister, der im Zweiten Weltkrieg wichtig war.

Er hat die Amerikaner um Hilfe gebeten und Hitler schließlich aufhalten können. Yeah Churchill!

[Kurz durch den Google-Übersetzer gejagt: „Takt ist die Möglichkeit, jemandem gehen zur Hölle zu sagen sodass sie freuen auf die Reise."

Mit dem Pippa-Übersetzer kommt dann ungefähr das raus: „Takt ist die Begabung, jemanden so zur Hölle zu schicken, dass er sich auf die Reise freut."]

„Verstehst du?", fragte Tim.

„Na ja", meinte ich, „meine Eltern denken ja *wirklich*, dass es die Hölle ist, wenn sie zusammen sind. Wie kann ich es ihnen also so verkaufen, dass sie sich darauf freuen?"

„Zunächst einmal", sagte Tim und schrieb eine große 1 auf das Papier, „zunächst einmal machst du dir klar, was du überhaupt genau willst."

„Dass sich meine Eltern einen einzigen Tag lang nicht streiten", sagte ich.

Tim sprang auf, rannte um den Tisch, streckte den Zeigefinger in die Luft und sagte: „Genau, und da geht es schon schief. Ich hab dich gebeten zu sagen, was du *willst*, und nicht, was du *nicht willst*. Du willst keinen Streit, aber was WILLST du?"

Eigentlich total logisch.

So mache ich es ja auch mit den Pferden: Beim Reiten habe ich ein Bild davon im Kopf, was ich will; an das, was ich *nicht* will, verschwende ich keinen Gedanken.

Um bei anderen Menschen etwas zu erreichen, muss man also ehrlich sagen, was man will.

Laut Tim muss man **die Leidenschaft und der Wunsch in Person sein**, dann wollen Leute einem helfen. Man muss ganz klar sagen, *warum* man etwas möchte.

In meinem Fall also, weil ich es Poppy versprochen habe und ein guter Mensch sein will – jemand, der seine Versprechen hält.

„Das ist ein sehr guter Grund, Pippa, es ist aufrichtig, es ist die Wahrheit."

Tim erklärte mir, dass er eher versucht, den anderen zu verstehen, als selbst verstanden zu werden. „Genauso, wie du es auch mit den Pferden machst: Du weißt, dass eine wehende Plastiktüte für dein Pferd der absolute Alptraum ist. Also nimmst du darauf Rücksicht, obwohl du *weißt*, dass eine Plastiktüte völlig ungefährlich ist."

Tim sagte, dass du dem anderen in einer überzeugenden Präsentation darlegen musst, welche Vorteile ihm oder ihr deine Idee bringen.

Und was ihr gemein habt.

Er forderte mich außerdem auf, nach Gemeinsamkeiten zwischen meinen Eltern zu suchen.

Mir fielen eigentlich nur Unterschiede ein: „Meine Mutter findet die Stadt laut und mein Vater findet das Land hinterwäldlerisch, mein Vater mag Struktur und meine Mutter Chaos ..."

„Jajaja", sagte Tim ungeduldig und fast ein wenig genervt, „das habe ich inzwischen oft genug gehört. Ich will, dass du über *wichtige* Sachen nachdenkst, Sachen, die deine Eltern BEIDE wichtig finden."

Ich wurde ziemlich verzweifelt – ich konnte wirklich nichts nennen, worüber sie dasselbe denken.

Doch Tim blieb optimistisch. „Überleg doch mal: Das Allerwichtigste in ihrem Leben teilen sie, zwei Dinge, die sie am meisten lieben ..."

„Sie mögen beide gern gutes Essen und Wein ...?", fragte ich vorsichtig.

Tim schlug mit der Faust auf den Tisch. „Was lieben deine Eltern grenzenlos? Was wird sie für alle Zeiten miteinander verbinden, was immer auch geschieht?"

Doch eigentlich stellte er mir die Frage gar nicht mehr, weil er selbst schon die Antwort gab, während er zwei Mal mit der flachen Hand auf den Tisch schlug und ziemlich laut durch die Küche rief: „Pippa und Poppy! Ihre Kinder natürlich!"

Danach schlug er mit der Faust in seine Hand und zeigte auf mich. „*Ihr* seid wichtig für sie, ihr seid, was sie verbindet." Und beherrschter und ein wenig verschwörerisch fügte er hinzu: „Das müssen wir uns *zunutze* machen."

# Die Unterschiede

ziwschen meinen Eltern

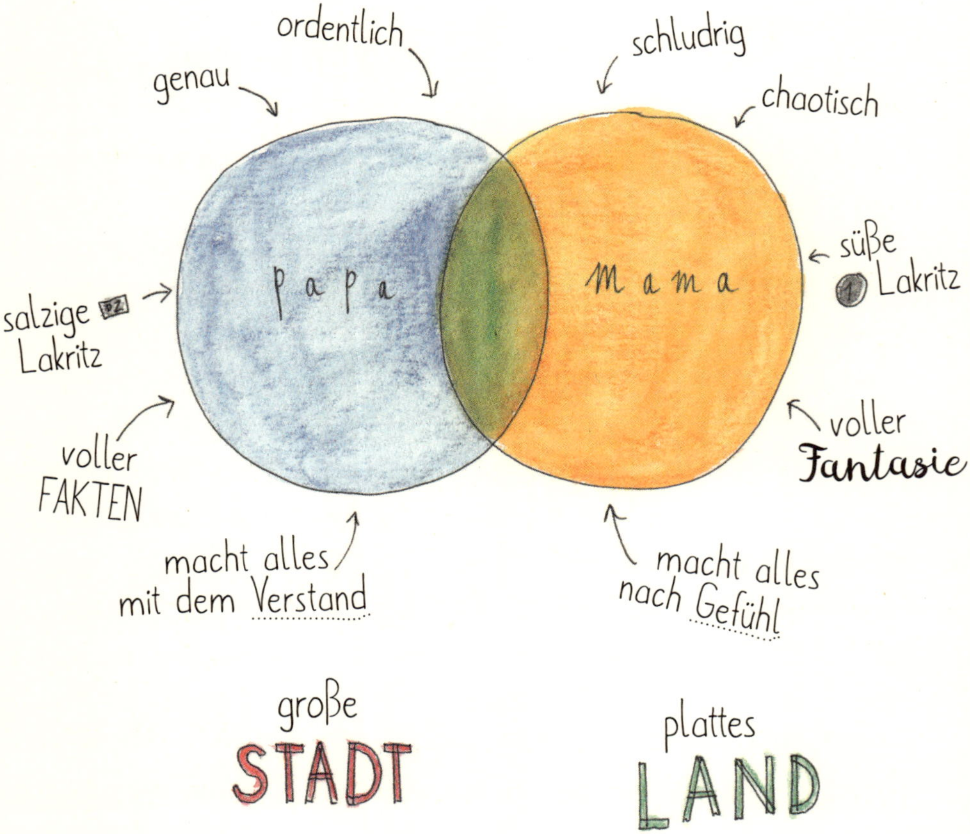

# Die Gemeinsamkeiten

meiner Eltern

Wenn man sich streiten will, sollte man sich laut Tim vor allem auf die Unterschiede konzentrieren. Will man dagegen Streit schlichten, sollte man seine Aufmerksamkeit auf die Gemeinsamkeiten zwischen Menschen oder Gruppen richten.

# WIE *hält* MAN EINE *überzeugende* PRÄSENTATION

TIPPS VON TIM:

- Gestalte deine Präsentation *so gut*, dass sie auch ohne dich überzeugend ist – falls du total nervös wirst oder wütend oder was auch immer.
- Investiere *viel Arbeit* in die Präsentation – dann sieht man, dass dir das Thema wichtig ist.

Wir überlegten, dass es wohl am besten wäre, zuerst meinen Vater zu überzeugen. Der würde niemals zu uns auf den Bauernhof kommen, also musste er meine Mutter in die Stadt einladen. Tim hatte mich davon überzeugt, von einem Tag im Zoo abzusehen, weil das schon ziemlich lang werden würde. Aber ein gemeinsames Essen an Heiligabend müsste klappen. Damit würde ich mein Verspre-

chen halten, denn Poppy ging es ja vor allem um das Zusammensein.

Ohne Streit zusammensein.

Tim half mir, eine *Keynote*-Präsentation zu erstellen. Wir übten ein paar Mal hintereinander ein Rollenspiel. Er spielte zuerst meinen Vater (das machte er ganz vorsichtig) und dann spielte er meine Mutter (das machte er sehr witzig).

SO GING UNSER ROLLENSPIEL:

Tim als mein Vater: „Na, Pippa, was hast du denn da Schönes?"

Ich: „Also ... ich möchte dir gern etwas zeigen ..."

Tim als Tim: „Nicht so ängstlich ... mit mehr Begeisterung! Du hast nämlich einen sehr guten Plan ..."

Ich: „Papa, ich hab einen Wunsch, den möchte ich gern mit dir teilen ..."

Tim als Tim: „Spitze, das Teilen ist sehr gut."

Tim als mein Vater: „Oh, darauf bin ich 10 neugierig ..."

Ich klickte die erste Folie an.

Tim als mein Vater: „Aber das will deine Mutter doch niemals, die kommt doch niemals in die Stadt!"

Ich wurde unsicher. „Na ja, doch, das denke ich schon ..."

Tim als Tim: „Lass dich nicht in ein Gespräch verwickeln, das du überhaupt nicht führen willst, Pippa. Bleib immer auf deiner eigenen Spur."

Tim als mein Vater: „Ich glaube kaum, dass du deine Mutter überreden kannst hierherzukommen."

Ich: „Was sie dazu meint, möchte ich gern ihr überlassen, aber ich bin sehr gespannt, was *du* davon hältst."

Tim als Tim hob beide Daumen und sprach weiter als mein Vater: „Ich merke, dass es dir sehr wichtig ist, und ihr beide, du und Poppy, seid mir sehr wichtig, also bin ich offen dafür."

Ich: „Was brauchst du, damit es für dich auch ein guter Abend wird?"

Wieder hob Tim als Tim den Daumen und redete als mein Vater: „Ich finde es sehr nett, dass du auch an mich denkst. Ich glaube, ich würde gern selbst kochen, dann kann ich mich immer kurz in einem Topf verstecken, wenn es mir zu viel wird ..."

Tim als Tim: „*Er beißt an!* Jetzt den Fisch vorsichtig an Land ziehen ..."

Ich: „Dürfte ich Mama und Tim also in eurem Namen an Heiligabend zu euch zum Essen einladen?"

Tim als mein Vater: „Ja, Pippa, das fände ich eine gute Idee." Und dann, mit einem Riesenlachen: „Vor allem diesen Tim würde ich gern mal kennenlernen, der kommt mir wie ein cleveres Kerlchen vor."

Tim wieder normal als Tim: „Pippa, du kannst später auf jeden Fall bei mir im Büro arbeiten – du warst freundlich, verständnisvoll und aufrichtig, aber auch zielstrebig, und du hast den Deal geschlossen!"

Er klatschte mit mir ab.

Danach tat Tim, als wäre er meine Mutter.

Ich: „Mama, ich will dir was zeigen! Ich hab einen Wunsch, den ich gern mit dir teilen möchte ..."

Tim als meine Mutter schaute sich ein wenig verwirrt um: „Hast du was gesagt?"

Ich: „Ja, ich möchte dir gern von meinem Wunsch erzählen."

Tim als meine Mutter stand vom Sofa auf. „Ach, geht das auch später? Ich wollte gerade den Wassertrog der Pferde umrühren ..."

Ich: „Nein, Mama, es geht nicht später, ich möchte gern *jetzt* mit dir darüber reden."

Tim als meine Mutter: „Also gut. Aber nicht mit diesem Computerkram, sag einfach, was du zu sagen hast ... Ach, nun schau dir das mal an, siehst du die kleine Spinne da in der Ecke?" Tim schlug die Beine übereinander wie eine Frau und schaute verträumt vor sich hin.

Ich musste lachen und war froh, dass ich mit Tim üben konnte. Vielleicht übertrieb er ein wenig, aber er war schon ein bisschen so, wie meine Mutter sein kann.

Tim als meine Mutter: „*Kommt überhaupt nicht infrage*, warum um Himmels willen sollte ich bei deinem Vater essen wollen?"

Ich: „Weil es für mich und Poppy wichtig ist …"

Tim als meine Mutter: „Und was hat Weihnachten eigentlich damit zu tun? Bloß weil alle Weihnachten feiern, müssen wir nun auch Weihnachten feiern? Ich hab dir doch beigebracht, selbstständig zu denken, Pippa!"

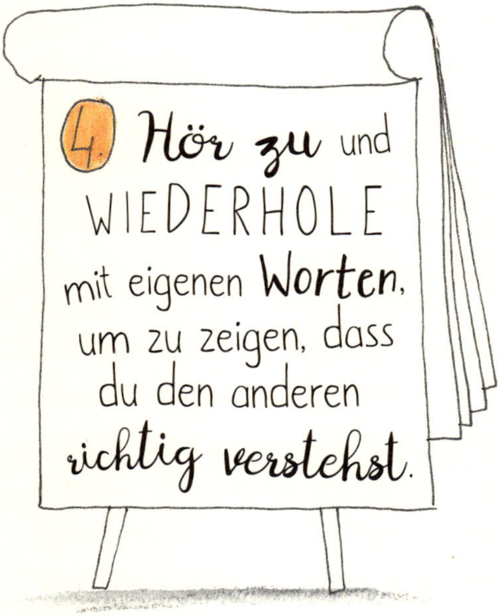


Ich: „Ich hab es Poppy versprochen, und ich will gern zuverlässig sein, jemand, auf den man sich verlassen kann."

Tim als meine Mutter: „Na schön, ich denke mal darüber nach …"

Ich: „Nein, ich möchte gern jetzt darüber reden. Wenn ich dich und Tim im Namen von Papa und Tessa bei ihnen zum Essen einlade, was antwortest du dann?"

Tim als meine Mutter: „Na ja, wenn sie uns einladen und es euch so wichtig ist, dann werd ich schon … He, höre ich da ein Pferd wiehern …? Mal schnell draußen nachsehen …"

Ich sprang auf Tims Rücken und rief: „Nein, du bleibst hier!"

Tim warf mich aufs Sofa und sagte: „Ich glaube, du wirst es

schaffen, Pippa. Ich schick dir die Präsentation per Mail, dann hast du sie bei deinem Vater. Und hier kannst du meinen Laptop benutzen."

## 34.

## BEI PAPA UND TESSA HAT ES GEKLAPPT!

Heute Abend, als Poppy schon im Bett lag, habe ich ihnen die Präsentation auf meinem Laptop gezeigt. Ich machte ihnen klar, dass es manchmal so scheint, als würden das Leben meiner Mutter und das meines Vaters irrsinnig weit auseinanderliegen. Aber mit ein paar Klicks in Google-Maps kann man herauszoomen und sieht, wie nichtig klein unser Land in Europa ist, und nach einem weiteren Klick ist es in der Welt überhaupt nicht mehr zu erkennen. *Wie nah wir also eigentlich beieinander sind!*

Ich erzählte, wie wichtig es mir ist, zuverlässig zu sein. Und dass ich meiner kleinen Schwester etwas versprochen hatte, was ich eigentlich nicht versprechen konnte. Ob sie mir helfen würden. Ich sagte auch, dass ich verstehen würde, wie schwierig es für sie wäre, weil sie ja schon so lange Streit miteinander haben. Und ich fragte Tessa, was sie brauchte, um meinen Plan gelingen zu lassen.

Sie hatte Tränen in den Augen und sagte: „Ach, Liebes, natürlich helfen wir dir! Wir werden was sehr Leckeres kochen."

„Also darf ich Mama und Tim in eurem Namen zu Heiligabend einladen?"

„Das halte ich für einen großartigen Plan, Pippa", sagte Papa. „Ich bin sehr stolz, dass du dich so lieb um deine kleine Schwester kümmerst."

**Und so schloss ich den Deal**, wie Tim es mir beigebracht hatte. Jetzt Mama noch.

(Ich chatte noch kurz mit Phine. Es ist zu spät, um zu ihr zu gehen.)

## 35.

Meist verschwinde ich sonntags sofort in meinem Zimmer, wenn wir zurück auf dem Bauernhof sind.

ABER HEUTE ABEND HATTE ICH EINE MISSION!

Tim hatte dafür gesorgt, dass Mama und er auf dem Sofa bereitsaßen. Poppy war schon im Bett und Tim gab mir seinen Laptop. Bei Papa hatte ich befürchtet, er könnte sauer werden – bei Mama hatte ich Angst, dass ich sie nicht erreichen würde. Doch im Prinzip lief es genauso, wie Tim und ich es geübt hatten.

„Mama, ich habe einen Wunsch, von dem ich dir gern erzählen möchte."

„Oh, und ich habe den Wunsch, einen schönen Spaziergang zu machen ...", sagte meine Mutter.

„Wahrscheinlich willst du kurz den Heuhaufen abstauben", sagte Tim lachend und hielt sie zurück. „Hör Pippa jetzt mal zu."

Meine Mutter setzte sich erstaunt hin. Den Laptop sah sie über-

haupt nicht. Doch ich schilderte ihr meinen Wunsch so lebhaft, dass sie ihn richtig vor sich sehen konnte. Wie wir zusammen am Tisch sitzen würden und wie schön das für Poppy wäre. Und schließlich rüttelte ich sie mit dem *call for action* wach, um in der Werbesprache zu bleiben.

„Ja, schon ... wir kommen bestimmt, wenn dein Vater und Tessa uns zum Essen einladen. Aber ich bezweifle, dass sie das tun werden."

„Ihr seid sehr herzlich willkommen, das haben sie selbst gesagt."

Mama war einen Moment lang baff. Dann fiel ihr jedoch ein neues Problem ein: „Aber wie machen wir das abends mit den Pferden?"

Wieder half Tim mir. „Das ist ganz einfach", meinte er. „Bevor wir weggehen, legen wir jede Menge Heu hin, und abends sind wir schon wieder da. Wir fahren ja nicht gleich mit ihnen in Urlaub."

Ich bedankte mich bei Tim für seine Unterstützung und er sagte:

„Wenn es mit der Pferdetrainerin später nicht klappt, kannst du immer noch in die Werbung gehen."

Ich habe große Lust, Poppy jetzt sofort zu erzählen, dass wir Heiligabend alle zusammen essen. Ich habe eigentlich auch Lust, es mir selbst zu erzählen. Ich kann es kaum glauben!

## 36.

Ich habe mächtig viel zu berichten. DAS DINER FING GESTERN NACHMITTAG AN. Es war der 24. Dezember und Mama, Tim, Poppy und ich standen vor der Tür in der großen Stadt und warteten, dass Papa oder Tessa aufmachen würde. Es war noch nicht mal Abend, aber trotzdem schon ganz dunkel. Die klirrende Kälte war wie eine Katze, die mir mit scharfen Krallen über die Wange streichelte. Neugierig zeigte sie auf alle Stellen, an denen ich nicht warm genug gekleidet war: meine Knöchel, unten am Rücken, im Nacken und an den Händen.

Mama sah fantastisch aus. Sie trug die Haare offen, das macht sie fast nie. Das Erste, was sie nach dem Aufstehen tut, ist, blind nach ihren Haaren zu greifen und sie mit einem Gummiband zusammenzubinden. Danach schaut sie den ganzen Tag nicht mehr in den Spiegel – für sie zählt nur, dass ihre Haare aus dem Gesicht sind. Jetzt aber wellten sie sich glänzend über ihren Rücken. Ich musste immer wieder zu ihr hinschauen. Zu ihren Augen. Es waren nicht nur die Wimperntusche und der Kajalstrich, warum sie plötzlich so auffielen. Sie fielen vor allem auf, weil sie nicht *woanders* waren. Sie waren hier, in diesem Moment, dort, wo wir *auch waren*. Sie funkelten in ihrem schönen glatten Gesicht, an dem nie eine Sorge hängen geblieben ist.

Poppy stand schlotternd neben mir. Sie würde ein Festkleid von Tessa geschenkt bekommen und war in ihrem Jumpsuit ins Auto gestiegen.

In dieser halben Minute vor der Tür wurde ich *hypernervös*.

Mein Mund war trocken und auf meinem Gesicht lag ein künstliches, verkrampftes Lächeln. Ich hatte Angst.

ICH HATTE ANGST, DASS MEINE MUTTER

- ihren Mantel über einen Stuhl werfen und nicht an der Garderobe aufhängen würde
- sich die Schuhe ausziehen würde
- krümeln, kleckern, niesen, husten, schlabbern, sabbern würde
- ohne zu fragen Trauben aus der Obstschale nehmen und die abgegessenen Zweige zurücklegen würde
- zu laut lachen würde
- nur über Pferde reden würde
- mit den Fingern im Essen rumstochern würde
- alles, was mein Vater sagte, mit „Was für ein Unsinn“ kommentieren würde
- vergessen hätte, wie Hugo heißt
- schnarchend auf dem Sofa einschlafen würde
- so tun würde, als gehörte ich *ihr*

### ICH HATTE ANGST, DASS MEIN VATER

- uns alle vier unter die Dusche stellen würde
- seinen Zahnarzt-Mundschutz gegen Bauernbazillen tragen würde
- alle Krümel, die meine Mutter machen könnte (sogar die unsichtbaren), sofort mit dem Tischstaubsauger entfernen würde
- die Nase in der Nähe meiner Mutter rümpfen würde (obwohl sie wirklich sehr gut roch)
- eine Plastiktischdecke für uns hingelegt hätte
- arrogant grinsen würde, sobald meine Mutter etwas sagte
- die ganze Zeit alles besser wissen würde als meine Mutter
- so tun würde, als gehörte ich *ihm*

Die Tür ging auf. Papa sagte herzlich: „Kommt schnell rein, es ist so kalt."

Er gab Tim die Hand und zog ihn ins Haus, in die Wärme. Vor lauter Verwirrung hätte ich ihm fast selbst die Hand gegeben. Er küsste mich, und ich sagte: „Hallo, Olivier", obwohl ich ihn nie Olivier nenne, sondern immer Papa.

Er nahm meiner Mutter den Mantel ab und hängte ihn an die Garderobe.

Tessa stand mit Hugo auf dem Arm im Wohnzimmer und begrüßte uns ebenso herzlich: „Da seid ihr ja! War viel Verkehr?"

Sie führten ein lockeres Gespräch über den Mangel an Staus in dieser Richtung, über Parkplätze und Parkgebühren.

Mama schaute Hugo bewundernd an und sagte: „Oh, wie groß du geworden bist, Hugo, und wie gesund und kräftig du aussiehst!"

Das Kompliment meiner Mutter ließ Tessa strahlen. Etwas Besseres hätte sie gar nicht sagen können. Und zum ersten Mal, seit wir hereingekommen waren, konnte ich wieder atmen.

Papa schenkte Bio-Wein ein. Meine Mutter hielt ihr Glas genau wie mein Vater manierlich am Stiel und nicht mit fettigen Hähnchenknabberfingern irgendwo in der Mitte.

Tessa rief Poppy und mich zu sich. Sie hielt zwei große flache Kartons mit knallrosa Schleifen im Arm.

„Mein Festkleid!", rief Poppy froh.

Ich dagegen fühlte mich unwohl, weil meine Mutter mir zusah. Ich schaute sie an, doch sie lächelte mir zu.

„Nun mach doch auf!"

Die glatte Schleife glitt durch meine Hände und löste sich von dem Karton. Darin lagen, in Seidenpapier gewickelt, ein schwarzes Kleid und ein schwarzes Jäckchen.

Poppy zog sich mitten im Zimmer um. Sie hatte ein schwarzes Samtkleid bekommen, mit Perlenrand und einer großen weißen Samtschleife im Rücken. Romantischer ging es fast nicht und glücklicher konnte man Poppy nicht machen. Sie tanzte selig im Kreis.

Ich probierte mein Kleid im Garderobenzimmer an. Der Stoff fühlte sich schwer an. Geschmeidig glitt er über meine Schultern und schmiegte sich um mich. Es war ein sehr einfaches, aber superschickes Kleid.

Mit einem wunderbar weichen Kaschmirjäckchen.

Ein Zimmer neben dem Flur, in dem alle Schirme, Sommerjacken und Gummistiefel aufgehoben werden – die überordentliche Version des Schuppens auf dem Bauernhof.

# Ode
## an das kleine
# Schwarze

## Die Promis

# Pippa Loewenherz

Mit Kleidern ist es so: Wenn sie nicht passen, ist es, als würde mit deinem Körper irgendetwas nicht stimmen. Deine Arme sind zu lang oder die Beine zu kurz. Aber dieses Kleid war wie maßgeschneidert. Ich passte genau.

Am liebsten wäre ich den ganzen Abend vor dem Spiegel stehen geblieben.

Mama und Tessa schauten mich beide an, als ich endlich wieder ins Wohnzimmer kam. „Oh, das ist wirklich wunderschön ...", rief Mama völlig aufrichtig. Zum Glück sagte sie nichts über Kinderarbeit, Modefaschismus oder Korruption.

Ich hätte Tessa küssen wollen, so lieb fand ich das von ihr. Aber das fühlte sich meiner Mutter gegenüber nicht gut an. Deshalb gab ich Tessa nur einen Luftkuss und sie zwinkerte mir zu.

Ich fühlte mich großartig.

Dann klingelte es und Till kam herein. Er war mit dem Rad gekommen. Seine langen Haare waren ordentlich zurückgekämmt und er trug ein Oberhemd. Er sah umwerfend aus. Es war so schön und spannend, ihn anzuschauen.

Ich stellte Till meinem Vater vor. „Papa, das ist Till, mein ... der Sohn von Tim."

Zu meinem Vater hätte ich zwar sagen können, dass Till mein Freund ist (wenn er das denn wäre), aber es wäre schon komisch, ihm zu sagen, Till wäre mein Stiefbruder. Das würde den Abstand zwischen mir und meinem Vater nur wieder vergrößern – wenn ich Verwandte hätte, mit denen er nichts zu tun hat.

Der Abend verlief jedoch unerwartet reibungslos. Es war wirklich gemütlich. Poppy saß zwischen Papa und Mama. Ich saß in meinem schönen Kleid neben Till und gegenüber von Hugo. Bevor wir mit dem Essen anfingen, schlug Tim an sein Glas. Er stand auf und bat um Aufmerksamkeit.

„Liebe Poppy", sagte er, „dank deiner großen Schwester sitzen wir hier jetzt alle zusammen. Denn sie hat uns gezeigt, dass wir einander mehr ähneln, als dass wir uns voneinander unterscheiden. Und wie wichtig es ist, das an solchen Tagen miteinander zu feiern. Sie wollte deinen Wunsch erfüllen, Poppy, aber im Grunde ist es natürlich unser aller Wunsch. Denn auch für mich ist ein Wunsch in Erfüllung gegangen, hier gemeinsam mit euch und meinem Supersohn Till zu sein. Olivier und Katja, auf so eine Tochter dürft ihr stolz sein! Poppy, du darfst stolz sein auf so eine große Schwester! Und euch, Tessa und Olivier, vielen Dank für eure Gastfreundschaft ... und den herrlichen Wein, haha."

Alle hielten die Gläser hoch und stießen miteinander an. Hugo machte fröhlich mit, indem er mit einer Gebäckstange gegen die Gläser schlug.

Von außen wirkten wir wie eine große, glückliche Familie: Mein Schwieger-Stiefvater, meine „biologische" Mutter, meine echte Mutter, mein echter Vater, mein halber Bruder, meine ganze Schwester und mein Stief-Lieb.

Mit einem Selfiestick machten wir ein Foto. Wir standen alle durcheinander, sodass man gar nicht mehr sehen kann, wer zu wem gehört, aber so war es genau richtig.

Bloß kann ich mir das Foto vorläufig leider nicht ansehen, und das liegt an dem, was danach geschah.

Ich schreibe später weiter. Zu viel für ein Mal ...

Oder heißt es dann ein FALFIE?
Oder, weil WEIHNACHTEN ist, ein *Welfie*?

# 37.

Wir hatten also lecker gegessen. Nach dem Essen saßen Mama und Papa vor dem offenen Kamin und unterhielten sich. Mama sah wunderbar aus. Durch die Wärme vom Feuer und den Wein hatten sich ihre Wangen gerötet, ihre Haare glänzten und ihre Augen funkelten. Fast ein wenig kokett. Papa war nicht böse oder bockig, er saß ganz entspannt da und schwatzte. Er war interessiert und sie lachten.

Sie sprachen von ihrer Studentenzeit. Über früher, als sie einander noch supernett fanden. Tim fragte irgendwann, ob sie Kaffee wollten, aber sie antworteten nicht. Offensichtlich hatten sie es gar nicht gehört. Ich grinste. Wer hätte das je gedacht!

Nach einer Stunde waren sie noch näher zusammengerückt. Sie erzählten einander Geschichten, denen keiner folgen konnte, weil sie nach jedem Satz in lautes Gelächter ausbrachen. „Oh ja, und dann standen wir da auf dem falschen Fest", sagte mein Vater.

„Wir hatten gerade unsere Teller mit Essen vollgeladen ...", sagte meine Mutter.

Papa strich ihr eine Haarsträhne aus dem Gesicht, mit einer weichen Geste, wie ein Automatismus von früher. Er schenkte ihr Rotwein nach. *Sie hatten es viel zu nett zusammen*, denn als Tessa ihm ihr Glas hinhielt, sah Papa es nicht einmal. Tessa verzog das Gesicht, schaute erst mich an und dann Tim und setzte sich mit ihrem leeren Glas an den Esstisch. Tim setzte sich zu ihr, aber schon bald ging ihnen der Gesprächsstoff aus. Tessas Gesicht war angespannt, ihr Mund ein schmaler Strich. Und der immer gut gelaunte Tim sah aus wie ein trauriger Clown.

Poppy war auf dem Sofa eingeschlafen. Sie hatte ihren Lieblingstag bekommen. Aber nun entwickelte sich alles rasend schnell in die falsche Richtung. Ob sie sich von der Sternschnuppe heimlich doch gewünscht hatte, unsere Eltern kämen wieder zusammen? Tessa und Tim taten mir leid. Ich habe mich nicht nur an beide gewöhnt, ich habe sie auch gern. Und ich wollte nicht auf dem Gewissen haben, dass dieser Abend mit *zwei* Trennungen endete.

Wütend sagte ich zu Till: „Los, wir gehen!"

Weil ich das restliche Wochenende bei meinem Vater verbringen würde, sagte ich ihm Bescheid, dass wir einen Spaziergang machen wollten. Meine Mutter schaute mich unter ihren langen Wimpern träge an (es mag auch am Wein und dem Kaminfeuer gelegen haben): „Natürlich, Kätzchen, amüsier dich nur ..."

Sie merkte nicht, dass ich ihr einen total gemeinen Blick zuwarf.

## 38.

Wir gingen hinaus und ich stieg auf Tills Gepäckträger. In meinem perfekten Kleid. Ich legte die Arme um seine Taille, meine Hände hielt ich in seinen Taschen warm. Von mir aus hätten wir für den Rest meines Lebens so durch die Stadt fahren können. Zum ersten Mal saßen wir nicht auf einem Pferd, sondern auf einem Fahrrad, waren nicht im Wald, sondern in der Stadt. Till schlug vor, zu einer Party zu gehen. Von Freunden von Freunden von ihm.

Er hatte gesehen, was ich gesehen hatte. Es könnte gut sein, dass wir nach Heiligabend keine Stiefdingsda mehr sein würden. Vielleicht würde Till mich dann wieder küssen wollen? Der Gedanke an diesen Vorteil einer möglichen Trennung unserer Eltern machte mich eine ganze Ecke fröhlicher.

Die Feier war in einer Souterrainwohnung an der Gracht. Die Decke war sehr niedrig, falls man springen wollte, würde man sich den Kopf stoßen. Ich fand nicht heraus, wer der Gastgeber war, alle liefen herum, als seien sie hier zu Hause. Ein paar Jungs hingen auf dem Sofa ab, einige nahmen sich Bier aus der Badewanne voller Eis, andere schlugen sich zur Begrüßung auf die Schultern. Die Mädchen fingen mitten im Gespräch an zu tanzen und ließen sich dann bei irgendjemandem auf den Schoß fallen.

Till begrüßte seinen Freund, ein früherer Nachbarsjunge. Sie umarmten sich brüderlich, stießen mit der Brust kurz gegeneinander und schlugen sich gegenseitig auf die Schultern. Neben solchen *Jungssachen* fühle ich mich *extra mädchenhaft*. Angenehm mädchenhaft.

Tills früherer Nachbar schaute mich kurz an und fragte Till: „Hey, ist das *dein Chickie?*"

Mein Herz machte einen seltsamen Satz. Ganz anders als damals, als ein Freund von Ex-Jesse mich „Chickie" genannt hat; damals bin ich explodiert. Jetzt lachte ich und rückte etwas näher an Till heran, den Kopf ein wenig gebeugt, sodass ich seine Schulter berührte. Chickie-mäßig, könnte man sagen.

„Ach was …", sagte Till lachend, „das ist meine Schwester, meine Stiefschwester …"

Das steht auch in meinem vorigen Journal!

Doch nun wurde ich zum zweiten Mal in meinem Leben wütend, weil jemand von einem Chickie sprach. Beim ersten Mal mit Jesse, weil ich *nicht* so bezeichnet werden wollte, und jetzt mit Till, weil ich es *wohl* wollte.

Meine Laune war innerhalb einer halben Nanosekunde im Keller. So einen Stimmungssturz habe ich noch nie zuvor erlebt. Ich war gleichzeitig wütend, traurig, enttäuscht und verletzt. Aber statt zu weinen, weil ich mich so klein fühlte, machte ich mich viel größer.

Mir war auf einmal alles egal.

Ich stand da auf einer Feier mit lauter Leuten, die bestens gelaunt zu sein schienen. Alle waren älter als ich. Als Tills Freundin hätte ich mich sicher gefühlt, doch ich war ja seine Stiefschwester. Eine reichlich dumme Stiefschwester. Eine Bauerntrine von 13 Jahren. Ich fühlte mich, als wäre ich ein Boot, das vom Ufer aufs offene Meer hinaus geschoben wurde. Da war nichts, das mich festhielt. Nichts, wozu ich gehörte. Ich konnte genauso gut nach Hause gehen, aber dann würde ich mir wie eine Verliererin vorkommen, und das wollte ich nicht.

Wenn Pferde sich vor mir aufbäumen, gehe ich nicht zur Seite. Warum sollte ich deshalb vor ein paar Leuten auf einer Party Angst haben? Wie würde ich mit ihnen umgehen, wenn sie eine Pferdeherde wären, fragte ich mich. Und das machte mich mutiger. Pferde werden Freunde, indem sie einander imitieren. Also suchte ich den Anführer der Partyherde. Das ist nicht unbedingt derjenige, der am lautesten schreit – im Gegenteil: Bei Pferden ist es gerade derjenige, der sich am wenigsten bewegt.

aber auch oft bei Menschen

Ein Junge in kariertem Hemd lehnte an der Wand, und wenn er etwas sagte, drehten sich alle zu ihm, um es hören zu können. Alles, was er sagte, war offenbar auch außergewöhnlich witzig.

Ein mutiges Pferd läuft nicht weg. Ich tat, was Pferde auch tun würden: Ich imitierte den Anführer.

Ich stellte mich ein paar Meter entfernt neben dem Karohemd an die Wand und folgte seinen Bewegungen. In der Hand hielt er ein Glas. Ich bat Till, mir ein Getränk zu holen. Und immer, wenn der Karierte trank, nahm ich auch einen Schluck. Ich rückte näher an ihn heran. Ein Freund von ihm mit fettiger Haartolle drückte ihm ein neues Glas in die Hand. Ich fragte den Freund, ob er mir auch so etwas bringen könnte. Ich verhielt mich genau wie der Karierte, kühl und befehlerisch.

„Eine Rum-Cola?", fragte die Haartolle.

„Eine Rum-Cola, ja", antwortete ich mit unbewegter Miene. Er nickte zustimmend, und mein Blick folgte der Zigarettenkippe, die er aus dem Mund nahm und auf den Betonfußboden warf. Mit dem Schuh drehte er sie aus, als würde er eine Kakerlake zerquetschen. Danach ging er in die Küche, wo die Getränke standen.

Der Karierte trank seine Rum-Cola in langen Zügen und ich machte genau dasselbe. Ich sah ihn unbewegt an und ließ mir nicht anmerken, dass ich mich ekelte. Er zog die Augenbrauen zusammen und ich tat es ihm gleich.

Mittendrin hörte ich den früheren Nachbarsjungen von Till fragen: „Ähm, alles in Ordnung mit deiner Schwester? Solltest du nicht auf sie aufpassen?"

„Auf sie …? Nee, wirklich nicht, sie zähmt wilde Pferde und

Angenommen, man würde vom Rauchen keine **Teerflecken** auf der Lunge bekommen, sondern einen harmlosen, aber sehr **hässlichen**

und auch klebrigen ...

schwarzen **Fleck auf der Stirn** (der immer größer wird, je mehr man raucht).

**WER** würde dann noch rauchen?

Oder würde der Pony

dann wieder hip werden?

hackt ihr eigenes Holz, man kann sie ohne Weiteres in der Natur aussetzen ... *sie ist über-cool*", hörte ich Till sagen.

Der Karierte war neugierig geworden und kam näher. Ich trat einen kleinen Schritt zurück, wie ich es auch bei einem Pferd machen würde. Er legte mir den Arm um die Taille und zog mich an sich. Er tanzte und ich tanzte mit.

„Was machst du eigentlich so?", fragte er mich.

Ich würde ihm natürlich *nicht* auf die Nase binden, dass ich in Misthausen in die achte Klasse ging. Zum Glück überraschte ich mich selbst mit einer einigermaßen schlagfertigen Antwort: „Im Moment betrachte ich deine behaarte Oberlippe."

„Und, gefällt's dir?"

„Ich frage mich eigentlich, wann die was Sinnvolles sagt, wie zum Beispiel: Soll ich dir noch was zu trinken holen ..."

Der Karierte musste ganz laut lachen und sagte: „Du hast völlig recht. Rühr dich nicht vom Fleck, ich komme sofort wieder."

Er kehrte mit zwei Flaschen Bier zurück. Wir stießen an und tranken wieder in langen Zügen. Am liebsten hätte ich danach eine Limo oder sogar Hugos Fruchtsaft gehabt, um den Biergeschmack zu vertreiben.

Der Karierte zog mich wieder an sich, und ich bemerkte erschrocken, dass er versuchte, mich zu küssen. Ich tanzte schnell weiter und es gelang ihm nicht. Da baute sich plötzlich ein vor Wut schäumendes Mädchen vor mir auf. Viel älter, größer und stärker als ich. Und auch viel wütender. Die Hände in die Hüften gestemmt, schaute sie auf mich herab.

„Hey, das ist *mein* Freund, an den du dich da klammerst, Kleine."

Mein Herz klopfte mir bis zum Hals, aber ich glaube, der Alkohol hatte mich mutiger macht, als ich mich selbst kannte. Ich blieb stehen, wo ich stand. Wie ein Pferd. Derjenige, der am längsten stehen bleibt, hat das Sagen. Ich schaute ihr in die Augen.

„Wenn dir Besitz so wichtig ist", sagte ich zu ihr, „musst du ein wenig besser auf ihn aufpassen. Du hast ihn einfach hier rumfliegen lassen!"

Der Karierte und sein Freund lachten und klatschten Beifall.

„Ja, Jessica, da verschlägt's dir die Sprache, was?"

„Hol der Kleinen mal noch einen Drink."

Da mischte sich Till ein: „So, Jungs, es reicht jetzt, sie ist erst dreizehn."

„Das ist nicht dein Ernst ...!", sagte der Karierte vollkommen perplex und ließ mich sofort los, als hätte ich Lepra.

Jetzt klatschte Jessica in die Hände. „Pass auf, gleich nimmt dich die Polizei mit, du Pädo!"

Ich wurde wütend auf Till und schrie wie eine hysterische Idiotin: „Du musst wirklich immer alles verderben!"

Till sah aus, als hätte ich ihn geschlagen.

Der Freund mit der Haartolle sagte mit einem ekligen Grinsen: „Jetzt ist aber Schlafenszeit für kleine Mädchen!", und zu Till: „Nimm sie mit, Mann, sie hat hier nichts zu suchen."

Auf der Straße fuhr ich Till an: „Du machst alles kaputt, du falscher Bruder! Aber nach heute Abend bist du überhaupt nichts mehr von mir. Du bist überhaupt nichts."

Ich wollte nicht mit ihm nach Hause gehen. Doch Till sagte, ich sei betrunken und er würde mich nicht zurücklassen. Ich wurde noch wütender und schrie, ich sei nicht betrunken. Dann stolperte ich über die Bordsteinkante, blieb an einem der dort geparkten Fahrräder hängen und fiel voll auf meine Hüfte. Ich weinte am meisten über den Riss in meinem Kleid. Schließlich stieg ich schluchzend und mit dick verheulten Panda-Augen bei Till auf den Gepäckträger.

## 39.

### DAS IST DER DUNKELSTE TAG MEINES EH SCHON SO MICKRIGEN LEBENS.

Till hat mich gestern Abend auf dem Fahrrad nach Hause gebracht; mit einer Hand lenkte er und mit der anderen hielt er mich fest. Mein Vater öffnete uns die Tür, Till schob mich ihm entgegen und mein Vater schnauzte ihn weg.

„Was hast du getan?“, fragte er wütend.

Ich wollte etwas sagen, um Till zu verteidigen, aber plötzlich war mir so schwindlig und übel, dass ich lieber nichts sagte. Als ich in den Flur gehen wollte, schwankte ich so sehr, dass mein Vater mich auffangen musste – gerade rechtzeitig, bevor ich in unsere edle Mahagoni-Garderobe krachen konnte. Sogar zum Schämen fühlte ich mich zu elendig.

Gestern.

Heute Morgen jedoch war alles anders. Durch meinen Kopf marschierte eine Blechblaskapelle, die von Ohr zu Ohr trommelte und rasselte, ich schwitzte enorm, obwohl mir kalt war, mein Mund

Seltsam!

war trocken und ich spürte nur eine tiefe, große, alles beherrschende Scham.

Ich schämte mich für alles, was ich gedacht und getan hatte. Am liebsten wollte ich mich verkriechen und nie wieder jemanden sehen.

DAS IST WAHRLICH DER HAUPTBEWEIS, DASS ICH NICHTS TAUGE.

## Beweisstück 6

Mein Vater verlangte, dass ich mich auf die Waage stellte. Er wollte wissen, wie viel Alkohol ich getrunken hatte, um mithilfe meines Gewichts und der Zahl der vergangenen Stunden die Promille in meinem Blut auszurechnen. Er zuckte zusammen. Und dabei hatte ich ihm schon die Hälfte verschwiegen.

Tessa lief herum und meckerte, ich hätte keinen guten Einfluss auf Hugo, ich hätte jede Grenze überschritten, die Stadt tue mir vielleicht doch nicht so gut, künftig würde ich an den Wochenenden wohl besser auf dem Bauernhof bleiben. Ich sah, dass Poppy einen Schreck bekam. Ich bewegte meine Hand wie einen sprechenden Mund und bedeutete ihr, dass sie Tessa einfach reden lassen sollte. Tessa sah es jedoch und wertete es als Zeichen von mangelndem Respekt und Hochphase der Pubertät.

Inzwischen machte mein Vater verzweifelt seine Berechnungen, um die Situation unter Kontrolle zu bekommen. „Dreizehn, das ist das Alter, in dem solches Verhalten anfangen kann", war sein einziger Kommentar.

Till schickte mir eine Nachricht:

Lebst du noch?

Ich dachte nur:

Leider ja.

Aber ich habe nicht geantwortet.

Wegen Till bin ich häufiger traurig als froh. Oder besser gesagt: *Ich mache mich selbst traurig*, weil ich mir alles Mögliche erhoffe. Aber Liebe sollte nicht so wehtun. Deshalb muss ich unsere Beziehung beenden, ohne dass er jemals wissen wird, dass wir überhaupt eine hatten.

## 40.

Ich musste raus aus dem Haus. Weg. Das Licht auf der Straße war grell. Ich ging mit zusammengekniffenen Augen und hoffte, niemandem zu begegnen, den ich kannte. Ich sprang in eine Straßenbahn, stieg aber nach einer Haltestelle schon wieder aus. Zu viele Leute auf einem Haufen und mit mir zusammen eindeutig nicht mehr genügend Sauerstoff. Ich lief und lief und lief, ich lief endlos durch die Stadt.

Ich wollte Phine treffen, aber bei ihr zu Hause waren sämtliche Verwandte zusammengekommen, um Weihnachten zu feiern. Sie würde nicht wegkönnen und von Verwandten hatte ich die Nase gestrichen voll. Dorris wohnte dagegen viel zu weit entfernt.

Ich rief meine Mutter an. „Mama, kommen Papa und du wieder zusammen?“, fragte ich verzweifelt.

„Nein, Schmetterling, wie kommst du denn darauf?"

„Ihr wart gestern so lieb zueinander."

„Ja, aber doch für euch! Ich dachte, das wäre genau, was du wolltest? Wir kommen wirklich nie mehr zusammen. Darauf darfst du nicht hoffen ..."

„Mama, ich bin soooo dumm gewesen ..."

„Was ist denn, Kätzchen?"

„Ich hab getrunken, richtig viel Bier und sogar zwei Rum-Cola."

Ich kann noch immer nicht glauben, was sie mir darauf antwortete: „Kätzchen ... warum trinkst du denn auch Rum-Cola? Im Supermarkt gibt es richtig leckeren spanischen Rotwein für nur 3,40 Euro die Flasche. Longdrinks sind doch die reinste Geldverschwendung."

„Mama, ich bin DREIZEHN!"

„Dann musst du besonders gut auf dein Geld achten, oder?"

Der Anruf bei meiner Mutter hatte mir weniger als nichts gebracht. Ich fühlte mich noch einsamer als zuvor. Ich brauchte dringend ein Pferd. Ich lief zum Damplatz, dort stehen immer Pferde, die die Touristenkutschen ziehen. Ich *musste* ein Pferd streicheln. Eins mit Weihnachtsmütze und Augenklappen stand am Rand des Platzes, da ist Kontakt natürlich schwierig. Aber als ich die Augenklappe zur Seite schob, rief mir der Kutscher zu, ich solle gefälligst Leine ziehen. Er hatte ja recht.

Ich lief weiter und sah in der Ferne ein Denkmal von Königin Wilhelmina auf einem großen Bronzepferd. Ich bat einen amerikanischen Touristen, mir Räuberleiter zu machen, damit ich auf den Sockel klettern konnte. Von da aus schaffte ich es, über den

Ich hatte eine Rum-Cola und ein Bier getrunken.

Bei meinem Vater habe ich sicherheitshalber die Hälfte runtergelogen, damit er nicht ganz so wütend werden würde.

Bei meiner Mutter habe ich die Hälfte dazuerfunden, um zu ihr durchzudringen.

Schweif auf das Pferd zu steigen. Ich setzte mich hinter Wilhelmina, ließ meine Beine zu beiden Seiten des Sattels baumeln, während sie manierlich mit ihrem Rock im Damensitz saß. Ich schlug die Arme um sie und legte meinen hämmernden Kopf an ihren kühlen Rücken.

Die Leute liefen unter mir weiter ihres Weges. Keiner bemerkte mich, man schaut nun mal nicht so oft nach oben. Es gelang mir, den Lärm der Stadt auszuschalten. Endlich konnte ich in aller Ruhe nachdenken. Wir standen zwar still, das Bronzepferd, Wilhelmina und ich, aber meine Gedanken machten große Sprünge.

Und ich mache wirklich Schluss mit Till.

UND DANN NOCH WAS.

Meine Eltern sind beide komplett gestört. Ich bin dreizehn Jahre alt und darf *absolut* keinen Alkohol trinken. Sie müssten wütend werden und mir alles Mögliche verbieten: Taschengeld, Telefon, MacBook, solche Sachen.

Und sie müssten mit mir reden. Sie müssten mich fragen, warum ich getrunken habe – dann hätte ich es ihnen ehrlich erzählt. Auch von meiner geheimen Liebe. Von meiner Angst, sie könnten wieder zusammenkommen. Und dass ich einfach nicht wusste, was ich mit mir anfangen sollte.

Aber mein Vater rechnet bloß aus, wie viel Alkohol ich im Blut gehabt haben muss, und meine Mutter empfiehlt mir billigere Getränke. Keine Frage, keine Strafe – nichts.

Sie sind in Ordnung. Sicher. Sie können es eben nicht besser. Darum bin ich – nicht wütend, aber sehr entschieden – zu der Schlussfolgerung gelangt: Ich lasse mich von meinen Eltern scheiden!

Wirklich seltsam!

Ich, **PIPPA** LOEWENHERZ,

schon seit einer ganzen Weile 13, werde mich ab jetzt ***selbst*** erziehen, denn die beiden Idioten, die sich **THEORETISCH** (und auch biologisch, genetisch und gesetzlich) meine Eltern nennen, bekommen wirklich nichts auf die Reihe! Ich werde diese Aufgabe ernsthaft, aber *liebevoll* übernehmen, wie es sich gehört. Ich werde ihre guten Seiten weiterhin sehen, ich werde das Positive an ihnen nutzen, aber was sie mir nicht geben können, werde ich mir selbst geben.

AB HEUTE **SORGE** ICH ***für mich selbst!***

*Pippa Loewenherz*

# Wie MAN **SCHLUSS** macht …

(Ich habe ein Programm für mich aufgestellt.)

1. **LÖSCHEN** und ENTFOLGEN

Schluss machen ist vor allem eine Frage der DISZIPLIN: Lösche Fotos, Telefonnummern, *Musik* und ENTFOLGE all seine Accounts.

2. **WASCH** dir die HAARE und spül IHN (oder SIE, natürlich) rituell durch den ABFLUSS.

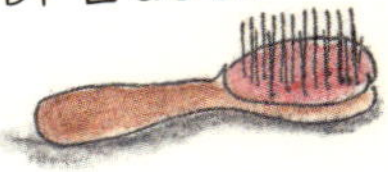

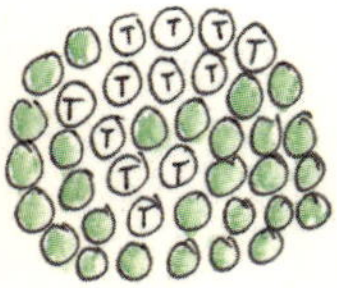

3. Unterziehe dich einer **GEHIRNWÄSCHE.** Aber es ist leider sehr schwierig (besser gesagt: *unmöglich*), NICHT an Dinge (in diesem Fall IHN) zu denken. …

# ... wenn es NIE eine BEZIEHUNG gab ...

Doch du kannst dich dazu zwingen, an andere Dinge zu denken, damit **jeder** Gedanke an ihn ZELLE für ZELLE abgebaut wird.

Denke (zum Beispiel) an:

Baby-Igel

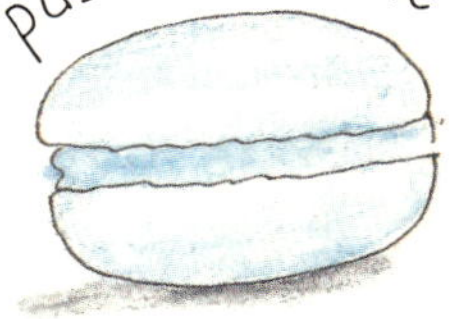

pastellfarbene Macarons

Retro-Schreibmaschinen

Koi-Karpfen

Als erste Tat in meinem neuen, erwachsenen Leben habe ich mir einen superdicken Hamburger gegönnt. Mir war kalt geworden, ich hatte bestimmt zwei Stunden lang hinter Wilhelmina gesessen.

„Willie", sagte ich, „danke, du hast mir sehr geholfen. Da sieht man es mal wieder, man braucht nicht immer was zu sagen, manchmal muss man einfach nur da sein."

Ich glitt vom Pferderücken, sprang aus ziemlicher Höhe vom Sockel herunter und ging zum nächsten Burgerladen. Die haben an Weihnachten wenigstens offen. Ich bestellte einen dicken fetten Hamburger und dicke fette Pommes mit viel dicker fetter Soße. Während ich mich vollstopfte, wischte ich mit meinen Fettfingern Tills Nummer aus meinem Telefon. Jede einzelne unserer Chat-Nachrichten löschte ich. Ich hätte es mir leichter machen können, indem ich unseren gesamten Verlauf in den Papierkorb schob, aber ich las alle Nachrichten noch einmal. Vielleicht wollte ich mich selbst so schmerzvoll bestrafen.

Lust auf Dienstag! → löschen

Hilfe, ich ersticke fast vor Lachen,
was soll ich machen? → löschen

Ich kann mir dich überhaupt nicht in
der Stadt vorstellen, ohne deine Pferde. → löschen

# VÖLLIGE UNSINNSKOMPLIMENTE,

die wir einander machten (ich vermisse sie jetzt schon)

Ich finde dich **toller** als eine heruntergerutschte **SOCKE**.

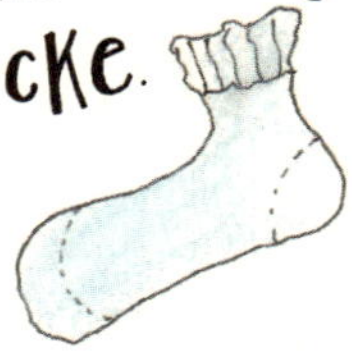

Ich finde dich **toller** als einen trockenen Macaron auf einem **Fest**.

Ich finde dich **toller** als ein ausgekautes **Kaugummi**.

Ich finde dich TOLLER als eine **Spülschüssel**.

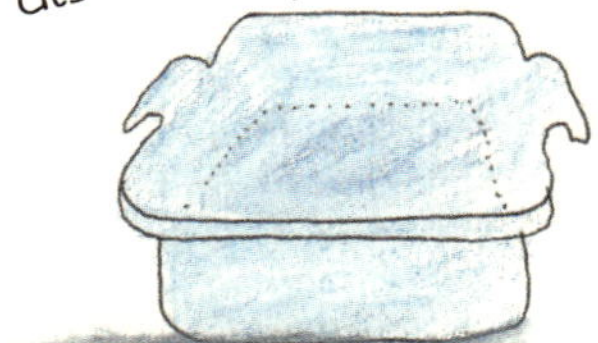

Ich finde dich **toller** als die ZEITUNG von gestern.

Ich finde dich **toller** als ein LEERES Glas Schokocreme.

Wie geht's deinem Versprechen? Läuft's besser oder sind deine Eltern noch immer eine Katastrophe?

→ löschen

Schläfst du schon?

→ löschen

Ich finde dich toller als einen Chihuahua mit Schleifchen.

→ löschen

Darüber musste ich wieder lachen. Till mag Chihuahuas natürlich überhaupt nicht und mit Schleife erst recht nicht. Das ist also, wie alle anderen auch, ein ziemlich zweifelhaftes Kompliment. Nur diese eine Nachricht habe ich aufgehoben – einfach, weil sie so witzig ist. Und ganz vielleicht auch, weil ich seine Nummer dann doch noch irgendwo behalte.

## 41.

Gestern Abend habe ich mich bei unserem Weihnachtsessen *sehr erwachsen* benommen. Zum Glück hatte ich schon wieder Hunger, denn Papa hatte einen großen Truthahn gebraten. Am leckersten ist der Schinken drum herum, um den Truthahn saftig zu halten. Mein Vater bot mir ein Glas Wasser mit genau 0,10 Milliliter Rotwein an, um mir auf vernünftige Weise den Umgang mit Alkohol beizubringen – so wie es angeblich die französischen Kinder auch

Ich **finde** dich **toller** als einen
Chihuahua mit SCHLEIFCHEN.

Mir fiel gerade kein Wort ein, das man bei einem Weihnachtsessen für Besoffensein benutzen könnte. Wahrscheinlich, weil es dieses Wort nicht gibt.

lernen. Das war ein guter Moment, mit **meiner eigenen Erziehung** anzufangen.

„Nein danke, Papa", sagte ich. „Was Alkohol betrifft, halte ich mich ans Gesetz, ich werde nicht mehr trinken, bis ich 16 bin."

Tessa atmete erleichtert auf. Und als wir anstießen und einander Frohe Weihnachten wünschten, entschuldigte ich mich dafür, dass ich so dingsdabummsda gewesen war. Meiner Meinung nach ist es sehr großmütig, auch die eigenen Fehler einzusehen. Ich bin auf einem guten Weg.

## Beweisstück 1

ICH BIN VIELLEICHT DOCH EIN GUTER MENSCH, WEIL ICH GERN EIN GUTER MENSCH SEIN WILL.

So einfach ist das.

Tessa und Papa kippten ein Glas nach dem anderen und wurden immer fröhlicher. Ich fragte, ob ich Poppy ins Bett bringen und ihr vorlesen dürfte. Dann bin ich gemütlich zu ihr unter die dicke Decke gekrochen und habe ihr meine Lieblingsweihnachtsgeschichte von früher vorgelesen, über Lotta, die einen Weihnachtsbaum organisiert.

Ich war so müde, dass ich fast neben Poppy eingeschlafen wäre, ehe die Geschichte aus war.

Vage hörte ich sie irgendwann sagen, ich hätte eine Nachricht von Till bekommen.

„*Bist du okay?*, fragt er“, las sie vor. „Und: *Wann können wir uns treffen?* Soll ich ihm antworten, dass du okay bist?“

„Ich bin mehr als okay“, murmelte ich, „schreib das nur. Und ich bin noch okayer, wenn wir uns bald wieder auf dem Großen Platz treffen …“

## Die Autorin

*Barbara Tammes* wuchs mitten im Zentrum von Amsterdam auf, lebt aber nun mit ihrem Mann, ihren beiden Kindern und sieben Pferden wie Pippa auf einem Bauernhof auf dem platten Land.

Der Band *Pippa – Mein (halbes) Leben ist ein Ponyhof* war ihr erstes Kinderbuch.

# Zwischen Chai Latte und Pferdemist

Barbara Tammes
*Pippa (Bd. 1)*
*Mein (halbes) Leben ist ein Ponyhof*
192 Seiten · gebunden
ISBN 978-3-649-62502-5
Auch als **ebook** erhältlich:
ISBN 978-3-649-62734-0

Pippa lebt in zwei verschiedenen Welten: In der Woche wohnt sie bei ihrer Mutter mit vielen Pferden auf einem baufälligen Bauernhof, die Wochenenden verbringt sie bei ihrem Vater in einem schicken Apartment in der Großstadt. Gar nicht so leicht!

Zum Glück hat Pippa ihr Journal, in dem sie all ihre Fragen festhält: Ist sie immer dieselbe Pippa? Ist sie ein Naturkind oder ein Computer-Nerd? Und darf man jemanden küssen, obwohl man nicht (richtig) verliebt in ihn ist?

Pippa stellt fest, dass das Leben nun mal kein Ponyhof ist – aber man muss ja nicht jeden Mist ausbaden, den die Erwachsenen verzapfen …

## Mach's wie Pippa!

Dein eigenes Journal mit viel Platz für Kritzeleien, Listen, Zeichnungen und Nachdenkereien

*Mein Kritzel-Journal*
88 Seiten · Broschur
ISBN 978-3-649-62503-2

This publication has been made possible
with financial support from
the Dutch Foundation for Literature.

Nederlands letterenfonds
dutch foundation
for literature

MIX
Aus verantwortungsvollen Quellen
FSC® C022120

5 4 3 2 1

ISBN 978-3-649-62658-9


Originalverlag: Em. Querido's Kinderboekenuitgeverij, Amsterdam
Originaltitel: Mijn leven is een prachtige puinhoop
Aus dem Niederländischen von Andrea Kluitmann
Covergestaltung: Anne Sent,
unter Verwendung von Illustrationen von Barbara Tammes
Lettering: Barbara Tammes, Britta Paus
Lektorat: Frauke Reitze
Satz: Helene Hillebrand
Printed in Slovakia

www.coppenrath.de

Das @book erscheint unter der ISBN 978-3-649-62920-7.